TAKE
SHOBO

離縁された王女は
イケメン騎士団長様に溺愛される

すずね凜

Illustration
ウエハラ蜂

蜜猫
MitsuNeko

contents

イラスト／ウエハラ蜂

離縁された王女はイケメン騎士団長様に溺愛される

序章

大陸の西の辺境に地に、人口わずか三万人のラベル王国がある。

資源に乏しいこの国は文化も工業も旧態依然としており、国民のほとんどは農業従事者で自給自足の生活をしている。

創立期から国を治めているのはル・ブラン王家である。王家は代々慎《つつ》ましく質素を理念とし、国民に寄り添う政治を第一としてきた。国民は王家を敬愛し、決して裕福とは言えないが、ラベル王国の人々の幸福度はとても高いものであった。

そんなラベル王国ではあるが、年に一度国を挙げて催される五月の「花祭り」は大陸中の国々で、知らぬものはないほど有名である。

「花祭り」に向けて手塩にかけて国民たちが育てる国花である白薔薇《ばら》が、祭りの開催中は国中に咲き乱れる。道路も家々の戸口も窓も店先も、香りの良い大輪の白薔薇で埋め尽くされる。

そして、首都の中央にあるル・ブラン城も無数の白薔薇で内外を華やかに飾られる。

その美しさは筆舌に尽し難く、この時期だけは「花祭り」を楽しもうと、おおぜいの観光客が大陸中から集まってくるのである。国の至る所に食べ物の屋台や、花売り、お土産屋や記念品売り場、見世物屋、お祭りの露店が出され、ラベル王国は活気に満ちる。

「花祭り」は、貧しいラベル王国の重要な収入源でもあった。

「ああ、いよいよ最後の競技ね。ドキドキしてきたわ」

白薔薇で飾られたル・ブラン城の最上階の窓から、眼下の大広場に設《しつら》えられた競技場を見下ろし、王女フランセットは心細い声を出した。

フランセットは当年七歳。

現ラベル国王夫妻の一人娘の王女である。

くるくるの巻き毛の艶《あで》やかな金髪、長いまつ毛に縁取られたぱっちりとしたエメラルド色の瞳、色白で滑らかな肌、まるでお人形さんのように整った愛らしい面立ちだ。

フランセットは今年の「花祭り」で、初めて戴冠役を務めることになった。

「花祭り」では、王家主催の様々な競技大会が行われる。短距離走、長距離走、球技、レスリング、障害物競争等の競技は、国内外を問わず誰でも参加できる決まりである。

優勝者には相応の褒賞と、王族自らの手で、名誉の証《あかし》である花かんむりが被《かぶ》せられることになっていた。

その花かんむりを授ける大役を、フランセットが任された。

これは代々ル・ブラン王家の王女王子が、七歳になるとおおせつかる大事な役目だ。

祭りの始まる何日も前から、フランセットは緊張でなかなか寝付けないほどだった。

だが、優しく慈愛に満ちた国王夫妻に励まされ、これまでのところつつがなく戴冠の役目を果たせていた。

もうすぐ、最後の競技、競馬大会が開始される。

数々ある競技の中でも、この競馬大会はとりわけ人気があった。

花で美しく飾られた馬に乗って、毎年、予選を勝ちぬいた腕に覚えのある者たちが十人、手に汗握る競争を繰り広げる。観客の興奮もいやが上にも高まり、「花祭り」の最終日を飾るにふさわしい競技であった。

有終の美を飾るためにも、最後のお役目を立派に果たさねばならない、と、フランセットは身が引き締まる思いだった。

「王女殿下、そろそろ競技場のバルコニー席へまいりましょう」

侍女の一人が声をかけてきて、フランセットは大きく息を吸うと、窓辺から離れた。

「はい、まいります」

侍女に手を引かれ、城内の王家専用の螺旋《らせん》階段を下りて、競技場の最上席に設けられたバルコニー席へ出た。すでに国王夫妻は席に着いていた。

満場の観客たちが、愛らしいフランセットの姿に歓声を上げる。

フランセットはぎこちなく観客たちに手を振りながら、自分の席に座った。

競技場では、すでに参加者たちがそれぞれの馬に乗って出走地点に並び、開始の合図を今や遅しと待っていた。

「今年は特に、乗馬の腕に自信がある者たちが集まったそうよ。どの馬が勝つかしらね、フランセット」

母王妃が楽しげに話しかける。

フランセットはオペラグラスを手に取り、出走地点に並んでいる十頭の馬と騎手たちを眺めた。

参加者の騎手たちは、それぞれに趣向をこらした勝負服に身を包んで馬に跨《また》がっている。

その中で、最後の十番目の騎手を見た時、フランセットは思わず声を上げてしまった。

「まあ、ずいぶんと若い人が乗っているわ」

芦毛《あしげ》の馬に跨った、十五、六歳くらいの黒髪の凛々《りり》しい表情をした少年だった。他の大人の男たちに比べて、いかにも小さくほっそりして見える。

「競技に年齢制限はないからな。あの少年は、予選を見事に通過したと聞くぞ」

父国王が口を挟んだ。

「そうなのね。でも、決勝戦は強者《つわもの》揃いですから、少年がどれだけ健闘できるかしら。危ないことがないとよろしいけれど」

母王妃が心配そうに言う。

フランセットは少年の姿を目で追った。

大人に混じって競おうという少年の気概を感じて、心から応援したくなる。

やがて、競技の開始を知らせるラッパが高々と吹き鳴らされ、合図を送る係が旗を高く掲げた。一瞬、競技場にいる者全員が固唾を呑《の》み、その場が静まり返った。

さっと、合図の係が旗を下ろした。

一斉に馬たちが走り始める。

とたんに、弾けるような応援の声が沸き起こる。

フランセットはバルコニー席から身を乗り出すようにして、競技を見つめた。

「花祭り」の競馬競技は、一周一千メートル競技場を二周する決まりになっていた。

最初、馬群はひと塊りになり走っていた。

土煙が上がり、フランセットは十番の少年の姿を見失う。

五百メートルを過ぎるあたりで、優勝候補と言われている二番の馬がじりじりと先頭に抜け出てきた。観客の声援がさらに盛り上がる。

「十番は、十番はどこ？」

フランセットはオペラグラスを目に押し当て、必死で少年の乗った馬を探す。

少年は最後尾になっていた。

やはり大人の騎手たちとは、技術の差が出たのだろうか。

それでも、少年は離されることなくぴたりと最後尾に馬を付けている。

一周を周り、二周目、先頭は二番のままだ。大方の観客は、このまま二番が優勝だろうと感じているようだ。

最後の百メートルの直線に入る。

各騎手が一斉に鞭《むち》を入れる。

馬たちがさらに加速した。

その時だ。大外を回って、するすると先頭に迫ってきた白い馬の影が見えた。

「あっ、十番だわ」

少年の乗った芦毛の馬は、驚くべき追い込みで、三番、二番、と順位を上げてくる。最後には、先頭の馬に並走した。

うわあっと嵐のような歓声が沸き起こった。

「頑張れ、頑張れ！」

「行け行け、十番！」

「負けるな、二番！」

観客は口々に喚《わめ》き立《た》てる。

フランセットは胸に両手を当てて、息を呑んで見守っていた。

先頭の二頭は、頭一つを抜きつ抜かれつで競った。

少年のさらさらした黒髪が疾風に乱れる。少年はぐっと唇を噛《か》み締《し》めて馬を操る。強い意志を感じさせる端整な横顔を、フランセットはひたと見つめた。

最後の十メートル。

ぐぐっと十番の馬が半馬身抜け出た。

フランセットは思わず立ち上がっていた。

「そのまま、そのまま行くのよ！」

直後、十番の馬が、先頭で決勝線を駆け抜けた。

競技場全体が揺れるような、怒濤《どとう》の歓声が沸き起こった。

「オーレ！　オーレ！」

「オーレ！　オーレ！」

勝者を讃《たた》える言葉が渦巻く。

少年は騎乗したまま競技場を一周し、観客に向かって高々と片手を上げた。その表情は興奮と喜びにキラキラと輝いている。フランセットは立ち尽くしたまま、ぼうっとその少年の勇姿を見つめていた。

「フランセット、フランセット、優勝者に花かんむりを――」

横から母王妃が袖を引いて促した。

ハッと我に返ったフランセットは、侍従が手渡した勝利の花かんむりを持ち、バルコニー席から競技場に降りる階段をゆっくりと歩いて行った。

階下では、下馬した少年が片膝をついた姿勢で顔を伏せて待っている。

フランセットは心臓が早鐘を打つのを感じた。

ごくんと唾を呑み込み、落ち着いた声を出そうと努めた。

「勝利者に名誉の花かんむりを授けます」

「謹んで拝受します」

少年の声は、まだ声変わり前の澄んだアルト声だった。

フランセットは花かんむりを両手で掲げ、ゆっくりと少年の頭に被せる。その時、さらさらした少年の髪に指先が触れ、脈動がさらに速まった。

観客たちから万雷の拍手が湧く。

ここでフランセットの役目は終わりなのだが、なにかもうひと言声をかけたかった。

「あの……見事な馬さばきでした。とても感動しました」

少年がふっと顔を上げる。

彼の涼やかな青い目と視線が絡み、フランセットは身体中がかあっと熱くなった。整っているだけではなく、とても気品のある面立ちだ。

「お、お名前は？」

思わずたずねてしまう。

少年はさらりと答えた。

「それはご容赦ください」

「花祭り」には、外国の身分の高い人たちが大勢お忍びで見物に訪れる。おそらく少年も、かなり身分の高い貴族の子息なのだろう。

フランセットは王女らしく祝福の言葉を掛けた。

「わかりました。では『白馬の騎士様』、あなたのこれからに幸あらんことを祈ります」

少年は優雅な笑みを浮かべ、頭を下げた。

「花の王国の花よりも美しい王女殿下のお言葉、胸に刻みます」

その言葉に、フランセットは胸がきゅんと甘く疼《うず》いた。

もっとなにか声をかけたい。だがその時、お付きの侍女が脇からそっとフランセットに声をかけてきた。

「王女殿下、そろそろ席にお戻りください」

「あ、はい」

フランセットは我に返る。

侍女に手を取られ、元来た階段を上がって行く。途中、ちらりと肩越しに振り返ると、気配を察したように少年も顔を上げてこちらを見た。

心臓が壊れそうなほどばくばくした。

授与式は終わり、少年は退場した。

その後、「花祭り」のフィナーレを飾る華やかなセレモニーが開催された。花をモチーフにした衣装に身を包んだ踊り子たちが見事な踊りを披露し、オーケストラがラベル王国の国歌を演奏し、観客たちは全員起立して国歌を歌った。競技場の外から、花火がいくつも打ち上げられ、さらに会場の雰囲気は最高潮に盛り上がる。

だが、フランセットは素晴らしいフィナーレの演出にも上の空であった。自分の席に戻ってからもずっと動悸《どうき》がおさまらず、少年の面影や声の響きが頭の中で甘くぐるぐる渦巻く。

「凛々しい白馬の騎士様……」

それは、幼いフランセットの初恋であった。


その後。

毎年開催される「花祭り」で、フランセットはまた競技場で、あの少年に出会えないかと淡い期待をしていた。

けれど、少年が競技場に姿を現すことは二度となかった。

甘いトキメキとかすかな失恋の痛みを心の隅に抱えたまま、年月は流れた。

国王夫妻の愛情に包まれ、国民たちの敬意を一身に受け、フランセットはすくすくと伸びやかな乙女に成長した。

だが——。

フランセットが十八歳の誕生日を迎えた年、彼女の人生は大きく変わることとなる。

第一章　政略結婚の王女は払い下げられる

ラベル城の正門前で、フランセットは不安な心を抱えてマルモンテル王国からの迎えを待っている。

今日、フランセットは、マルモンテル王の実弟であるジェラーデル侯爵の元に嫁ぐのである。夫となるジェラーデル侯爵は四十八歳。独身とはいえ、三十歳も年が離れている。その上、ジェラーデル侯爵とは会ったことも話したこともない。相手側から送られて来た数枚の肖像画でその容姿をうかがい知るだけだ。現在ジェラーデル侯爵は、国王の政務の補佐をする宰相という重要な役職に就いているという。

大陸一発展している大国マルモンテル王国の王弟と、辺境の貧しい小国の王女の結婚。これは政略結婚であると、フランセットは承知している。

ここ数年、ラベル王国はかつてない干ばつに襲われていた。

農作物がことごとく不作となってしまった。毎年国中に見事な花を咲かす白薔薇も枯れ果ててしまった。

唯一の国と民たちの収入源である「花祭り」は中止せざるをえなかった。水飢饉《ききん》は二年、三年と続いた。

国民の生活は困窮し、職を失い一家離散や路頭に迷う者も多数出た。

ル・ブラン王家は、乏しい国庫の中から国民のための支援をおしみなく行《おこな》ったが、ここにきて、もはや国庫も空同然の状況となった。

万策尽きた国王は、大陸一豊かな大国マルモンテル王国へ支援を願い出た。

マルモンテル国王は二つ返事で支援を承諾したが、それと引き換えに一つ条件を出して来た。

王弟であるジェラーデル侯爵と、ル・ブラン王家の一人娘の王女フランセットとの婚姻である。

巷《ちまた》の噂《うわさ》では、ジェラーデル侯爵は四十八の年まで結婚もせずに、国王の弟という立場に慢心して享楽的な生活を送って来たという。弟を案じたマルモンテル国王は、責任ある役職に就けて、正式に結婚し家庭を築けばジェラーデル侯爵も落ち着くのではないかと考えたようだ。そのため国王は去年、ジェラーデル侯爵に宰相の地位を与えた。そして、密《ひそ》かに結婚相手を探していたらしい。

ラベル王国の支援要請をきっかけに、フランセットに白羽の矢を立てたというわけだ。どこかひとつ大国の王女を選べば、他の年頃の王女がいる勢力ある国々との間に軋轢《あつれき》を生む可能性がある。その点、小国の王女ならば何の問題もなかろうと判断してのことだった。

ル・ブラン王家は当初、この結婚話に二の足を踏んだ。

完全にマルモンテル側の打算的な結婚である。

フランセットを心から愛する国王夫妻は、娘を身売りさせるような結婚にためらった。

フランセットも悩んだ。

親子ほども年の違う相手との愛のない結婚だ。

清純で初心なフランセットは、いつか互いに心から愛し合える男性と、誰からも祝福されるような結婚を夢見ていた。

けれど、毎日餓死者が出ているラベル王国内の実情を思えば、自分の甘い憧れなどに固執している場合ではない。

フランセットはこの結婚を受け入れようと心を決める。

国王夫妻にその旨を告げた。

「父上、母上、私、ジェラーデル侯爵様と結婚いたします」

「よくぞ決心してくれた。ふがいない父を許してくれ、フランセット」

「いたいけなあなたを、遠くの大国へ一人で嫁がせるなんて、なんて辛《つら》いことでしょう」

国王夫妻は涙を流して、フランセットの決意を受け入れた。

「父上、母上、心配なさらないで。真心を込めて接すれば、きっとジェラーデル侯爵様も私を可愛《かわい》がってくださるわ。夫婦として暮らしていけば、だんだんお互いのことも理解でき、分かり合え慈しみ合えるに違いないわ」

フランセットはきっぱりと言った。

それは自分に言い聞かせる言葉でもあった。

結婚の了解を知らせると、マルモンテル王国からは一刻も早く輿入《こしい》れするようにとの返事が来た。七日後には、マルモンテル側からフランセットを迎える一行が出立したとの連絡が来た。

フランセットは慌ただしく身の回りの整理をした。

ほんとうは不安でたまらないが、心を強く持とうと思った。

自分の結婚で、大事な祖国が救われるのだ。

国庫が潤い干ばつもおさまれば、華やかな白薔薇で埋め尽くされた「花祭り」も復活するだろう。

「花祭り」のことを考えるたび、フランセットはあの『白馬の騎士』の少年のことを思い出さないわけにはいかない。

儚《はかな》く美しい初恋だった。

その甘酸っぱい想《おも》い出《で》を胸に仕舞《しま》い込《こ》んで、現実の結婚へ向かっていこう。

少年の面影を思い浮かべると、フランセットの心に少しだけ勇気が湧いてくるのだ。

かくして――。

わずかな嫁入り支度の荷物と数名の侍女だけを後ろに侍《はべ》らせ、フランセットは王城の正門前でマルモンテル王国からの迎えを待っていた。

両親と兄弟たちとは、昨日の晩に別れを惜しみ合った。当日は、フランセットの里心がつかぬようにと配慮して、王家の人たちは見送りには姿を現さない。

約束の時間ぴったりに、正門へ続く下り坂の向こうから、騎馬隊と馬車の姿が現れた。先頭の旗手は、紅に黄金の獅子《しし》の紋様のマルモンテル王国の旗を掲げている。間違いなく、マルモンテル王国の迎えだ。

フランセットは息を深く吸って、気持ちを落ち着けようとする。

ほどなく、一行が正門前に到着した。

立派な白馬に跨った一人の騎士が、ゆっくりと前に進み出た。

彼はひらりと馬から降りると、フランセットに近づいてくる。

年の頃は二十代後半か。すらりと手足が長く見上げるほど背が高い。さらさらした黒髪をきちんと撫《な》で付《つ》け、切れ長の青い目、高い鼻梁《びりょう》、意志が強そうに引き結んだ形のいい唇、彫像のように整った美貌の男であった。金モールの付いた青い軍服が良く似合い、腰に巻いた赤いサッシュに金色のサーベルを差していて、颯爽《さっそう》としている。

いかにも都会の洗練された騎士といった風体に、フランセットは思わず見惚《みと》れてしまう。

騎士はフランセットの前まで来ると、恭しく一礼した。

「お待たせしました。ラベル王女殿下、お迎えに上がりました。私は陸軍総指揮官騎士団長を務める、オベール・シュバリエ公爵と申します。お見知り置きを。マルモンテル王国まで、我が王立騎士団が護衛いたします」

明瞭なコントラバスの声は、フランセットの背骨に甘く響いていく。

「フランセット・ル・ブランです。道中よろしくお願いします」

フランセットは礼に則《のっと》って、白絹の手袋に包まれた右手を差し出した。

シュバリエ公爵は、わずかに躊躇《ちゅうちょ》したが、すぐにフランセットの手を取って身を屈《かが》め、その甲に唇を押し付ける。手袋越しに感じる柔らかな唇に、フランセットは背中が甘くぶるっとおののく。

ゆっくりと顔を起こしたシュバリエ公爵は、なぜかフランセットの顔をまじまじと見た。

辺境の田舎王女が物珍しいのだろうか。

きっと大国で大都会のマルモンテルには、最新流行のドレスと化粧で装おって洗練された貴婦人が星の数ほどいるに違いない。

せいいっぱい着飾ったつもりだったが、困窮している国を思うと、ドレスを新調することなどはばかられた。手持ちのドレスの中から、一番豪華で自分に似合っていると思う白いドレスを選んだが、流行遅れ感は否めない。

ただ、シュバリエ公爵の視線には、見下したような色はなく、どちらかというと哀愁に満ちた雰囲気を感じた。

なんと貧しい王女だろうと同情しているのかもしれない。

フランセットは気恥ずかしさに顔を伏せ、小声で言う。

「参りましょう」

「承知しました。馬車をここへ」

シュバリエ公爵が合図すると、部下の騎士団員が、素早く四頭立ての馬車を引いて来た。細かい彫刻を施し金箔《きんぱく》を貼り付けた大きくて豪奢《ごうしゃ》な馬車に、選び抜かれたたくましく手入れの行き届いた馬。それだけ見ても、国力のあまりの差に、フランセットは圧倒されそうだ。

騎士団員が馬車の扉を開き踏み台を置くと、シュバリエ公爵が手を差し出す。

「どうぞ、お乗りください。お荷物と侍従たちは、別の馬車に乗せますから」

「はい」

フランセットはおずおずとシュバリエ公爵の手に自分の手を預ける。

なんて大きな掌《てのひら》だろう。

節高で指が長く、綺麗《きれい》な爪をしている。身分の高い人の手だ。でも、掌には、いくつもの硬い手綱瘤ができていた。ああ、馬を駆《か》る軍人さんなのだな、と思う。

彼の手を借りて馬車に乗り込んだ。その後から、世話係の侍女が一人乗って来て、向かいの席に座る。

座席は高級な真紅の天鵞絨《ビロード》ばり、床にはふかふかの絨毯《じゅうたん》、疲れないようにか柔らかなクッションがいくつも置いてある。こんな立派な馬車に乗ったことはなくて、落ち着きなくきょろきょろしてしまう。

するとシュバリエ公爵が窓を押し上げ、顔を覗《のぞ》かせて声をかけてきた。

「丸二日の行程となります。道中、お疲れの時はいつでもお声をかけてください。すぐ休憩します。一日目は、山を越えた先の村に宿泊宿を手配しましたので、そこを目指します」

それからシュバリエ公爵は侍女に向かって言う
「お供の方、あなたの席の横に、飲み物と軽食の入った物入れがありますから、王女殿下のご所望のままになんでもお使いください。仮眠を取れる広さもありますので、遠慮なくお休みください」

簡潔に言い終えると、シュバリエ公爵は窓を下ろした。

下ろしぎわに、彼はフランセットにだけ聞こえる声でささやいた。

「王女殿下、咲きたての白薔薇のようにお美しいですよ。さすが、『花祭り』の国の王女様です」

言うなり、彼は窓を閉めてしまった。

「あ」

フランセットは慌てて窓越しにシュバリエ公爵の姿を追った。

彼はひらりと自分の馬に跨り、騎士団員たちにテキパキと指示を出している。騎士団員たちの様子を見ていると、シュバリエ公爵が彼らから尊敬され信頼されているのがよくわかった。

「シュバリエ公爵……」

社交辞令かもしれないけれど、シュバリエ公爵の優しい言葉に、フランセットは胸の中がじんわり温かくなるような気がした。

あのような親切で優しい人がいる国なら、きっとあちらに行っても大丈夫。

そう思えた。

シュバリエ公爵は馬車の前に自分の馬を誘導し、朗々とした声で告げる。

「出立！」

一斉に隊が動き始める。

揺れる馬車の中で、フランセットは自分の心も不安と期待に揺れているのを感じた。

これで懐かしい祖国とお別れだと思うと、胸が締め付けられる。

(さようなら、父上母上、兄上弟たち。必ず幸せになりますから……)

寂しくて涙ぐんでしまいそうになり、手にした扇で顔を隠し侍女に気取られないようにした。

夕刻、予定通りに山を越え、宿泊地の村に到着した。

慣れない長旅で、フランセットは疲れ切っていた。

だが、いっこうに馬車の扉が開かない。外で騎士団員たちがざわついているようだ。窓から様子を窺うが、日がとっぷり暮れていてよく見えない。

「どうしたのでしょう？　王女殿下」

お付きの侍女も不安そうになっている。

と、馬車の扉が軽くノックされ、外からゆっくりと開いた。

憂い顔のシュバリエ公爵が立っている。

「お待たせして大変申し訳ありません、王女殿下。実は、宿泊予定だった宿が、昨日失火で焼け落ちてしまったとのこと。この村には宿屋が一軒しかないのです。急遽《きゅうきょ》、王女殿下だけでもお泊めできる家を探させております、もう少しお待ちください」

フランセットは、シュバリエ公爵の背後で、松明《たいまつ》を片手に動き待っている騎士団員たちを見やる。

「私だけって——公爵様や騎士団員の方たちはどこにお泊まりになるの？」

「私たちはもともと、村の外れに天幕を張り、野営するつもりでした。普段から騎士団は野戦訓練などで、野宿することは慣れておりますので。王女殿下のために、村人の家のどこかを空けさせるつもりですので、そこはご安心ください」

「空けさせるって——家から村の人を追い出すというのですか？」

「村長が責任を感じて、そのように手配すると」

フランセットはキッとなって言った。

「いいえ、いけません。私一人のために、村の人の家を占領するなんて、そんなことは許しません」

凜《りん》としたフランセットの言葉に、シュバリエ公爵が目を見張った。

「しかし——王女殿下がお休みになる場所が」

「私も天幕で休みます。余分な天幕はあるでしょうか？」

「無論、予備の天幕はありますが、しかしそんな兵士のようなことをさせるわけには——」

「平気よ、一晩くらい。それに、マルモンテル王国の騎士団の方々と、お知り合いになれるよい機会です。私の新しい祖国となるお国のことを、いろいろ教えていただきたいわ」

フランセットがにっこりすると、シュバリエ公爵は感に堪えないといった表情になった。

「承知しました。今すぐに、王女殿下のための天幕を張らせます。できるだけ、居心地の良いものになるよう努めます」

シュバリエ公爵は一礼すると、素早く立ち去った。

フランセットの突拍子もない提案を快く受け入れたシュバリエ公爵の態度は、フランセットの心の柔らかい部分に染みた。フランセットは彼の姿勢のいい後ろ姿が薄闇に消えるまで、じっと見つめていた。

やがて、村の外れのひらけた場所が野営地に決まり、騎士団員たち総出で準備に取り掛かる。

小一時間もすると、再びシュバリエ公爵がやってきて告げた。

「支度が調いました。馬車を移動させます」

彼はひらりと御者台に飛び乗り、手綱を握ってはあっと馬に声を掛けた。馬車が動き出す。

「王女殿下が地面でお休みになるなんて、屈辱です——幸先《さいさき》が思い遣《や》られます」

お付きの侍女がフランセットを慮《おもんぱか》ってか、声を震わせる。

フランセットは笑顔を浮かべた。

「平気よ、これも経験だわ。民たちの生活が第一よ。ル・ブラン王家ではそう厳しく教えられてきたもの。マルモンテル王国でも、この信条を曲げるつもりはないわ」

「ああ王女殿下、おいたわしい。干ばつさえなければ——」

お付きの侍女は涙にむせんだ。

「私は気にしていませんから。手を尽くしてくださる騎士団員の方々に申し訳ないわ。泣いたりしないで」

フランセットは侍女を叱咤《しった》した。

ほどなく馬車が止《や》まり、シュバリエ公爵が扉を開けて踏み台を置き、フランセットに手を差し伸べた。

「さあ、お降りください」

彼の手に縋《すが》るようにして、地面に下り立つ。

「まあ……!」

野営地の中心に赤々と巨大な焚《た》き火《び》が焚《た》かれ、その周囲に円を描くようにして白い天幕がきちんと並んで張られてあった。

騎士団員たちが整列して出迎えた。その中の、中年の上官らしき騎士が前に進み出て、一礼する。

「王女殿下、思わぬ事態でご不自由をおかけしますが、一同誠意を尽くしますので、どうかご容赦ください」

「クレール中隊長、堅苦しい挨拶はそのくらいでいい。王女殿下を天幕にご案内するので、すぐに温かいお茶と、その後、夕食を運んでくれ」

「はっ」

シュバリエ公爵の言葉に、クレール中隊長は踵《かかと》をぴしっとかち合わせ、敬礼した。

「こちらへ。一番焚き火に近く、乾いて暖かい場所に天幕を張りました」

シュバリエ公爵に手を引かれ、天幕に案内された。お付きの侍女も付き従う。フランセットの天幕は、他の騎士団員たちの天幕より大きい。

「さあ、どうぞ。むさ苦しいですが」

シュバリエ公爵が入り口の垂れ幕を押し上げ、フランセットを中へ誘導した。

フランセットは少し緊張して、天幕の中に入る。

思ったよりずっと広々としていた。天井からランタンが下がり、中は明るい。床には毛布が何枚も敷き詰められてふかふかしていた。フランセットと侍女用に折りたたみの寝台が二つ置かれ、クッションや肘置き、小さな椅子や机まで用意されていて、できうる限り居心地よくしようという心づくしが感じられる。

「素敵だわ」

フランセットは声を弾ませる。

「思ったより、快適なものですね」

お付きの侍女も、クッションの位置を変えたりしながら、納得したようにうなずく。

「なんだか野遊びに来たみたいよ。シュバリエ公爵、とても気に入ったわ」

ニコニコしながらシュバリエ公爵に顔を振り向けると、彼はわずかに目元を染めた。

「急ごしらえで申し訳ない。でも、王女殿下にそう言っていただけると、騎士団員一同が報われます」

「失礼します。騎士団長、王女殿下にお茶と夕食をお持ちしました」

背後から、クレール中隊長が食器を乗せた盆を持って入って来た。侍女がそのお盆をもらい受ける。

「では、王女殿下、ごゆるりとお過ごしください。足りないものは、侍女の方を仲介して、私どもに遠慮なく言ってください」

シュバリエ公爵とクレール中隊長は、ぴしっと敬礼して天幕を出て行った。その一糸乱れぬ敬礼に、常日頃から訓練が行き届いていることをうかがわせる。

熱いお茶は心を和ませ、シチューとパンだけの質素な夕食も、空腹だった身にはとても美味であった。一息ついて、クッションにもたれてうとうとしてしまう。お付きの侍女も隅の自分の寝床にもたれ、コックリし始めた。

と、天幕の外で賑《にぎ》やかな会話や歌が聞こえてきた。

騎士団員たちの食事が始まったのだろうか。

疲れている侍女を起こさぬようフランセットはそっと垂れ幕を押し上げ、外をのぞいてみた。

焚き火の周りに車座になって、騎士団員たちが楽しげに会話をしている。

その中心にいるのは、シュバリエ公爵だ。

気のおけない騎士団員たちに囲まれてか、フランセットに対しては少し堅苦しく振舞っていたシュバリエ公爵が、くったくなく笑っている。

彼のおおらかな笑顔に、フランセットは心臓がトクンとときめくのを感じた。

「騎士団長殿、なにか一曲お願いできますか？」

シュバリエ公爵の隣に座っていたクレール中隊長が声をかける。

すると、周囲の騎士団員たちから拍手が沸き起こる。

シュバリエ公爵は少し照れたように頭をかいた。その動作が少年みたいで、フランセットは思わず笑みを浮かべてしまう。

するとふっとシュバリエ公爵がこちらに顔を向けた。

「あ……」

視線が絡み、フランセットは盗み見していたことがバレて、顔が赤くなる。シュバリエ公爵は身軽な動作で立ち上がり、天幕に近づいてきた。彼は気遣わしげに言う。

「うるさかったでしょうか？　王女殿下」

「いいえ、とても楽しそうで、思わず目を奪われていました――仲間に入りたいくらい」

そう答えると、シュバリエ公爵は白い歯を見せた。そして、手を差し出す。

「では、焚き火の側へ。マルモンテル王国の歌をご披露しましょう」

フランセットはうなずいて、彼に手を預ける。

シュバリエ公爵に焚き火に導かれていくと、クレール中隊長が素早く折りたたみの椅子を運んで来て焚き火の前に置いた。

「どうぞ、王女殿下ここへ」

「ありがとう」

フランセットは椅子に腰を下ろした。

大きな焚き火を囲んだ屈強そうな騎士団員たちの表情は、皆にこやかだ。

シュバリエ公爵はフランセットの横に立つと、一礼した。

「では、我が国にお輿入れする王女殿下に、歓迎の意を込めて歌わせていただきます」

シュバリエ公爵は背筋を伸ばすと、深く息を吸い、歌い出した。

「お前を追うのは誰だ？

愛《いと》しい女神よ
誰がお前を傷つけるのだ？

追っているのは野を行く若き神だ
もしお前が逃げているのなら、たちまち追うようになるだろう
もし贈り物を拒むのなら、たちまちお前から贈るようになるだろう
もし恋していないのなら、たちまち恋するようになるだろう」

深みのあるバリトンの声は、朗々としてどこまでも響き渡るようだった。吟遊詩人でも、こんな良い声の人は稀《まれ》だ。

フランセットはうっとりと聞《き》き惚《ほ》れた。

騎士団員たちもじっと聞き入っている。

シュバリエ公爵が歌い終わっても、しばらくは誰一人咳《せき》ひとつしなかった。

やがて、目が覚めたようにクレール中隊長が口を開いた。

「お見事でした――しかし、騎士団長殿が恋歌を披露なさるとは、意外でした。いや、帰りを待つ妻のことを思い出しましたぞ」

クレール中隊長はぱんぱんと拍手をした。すると、騎士団員たちも盛大な拍手を始めた。

フランセットも心からの拍手を送った。

「素晴らしかったわ、公爵様。今まで聞いたどんな歌手の歌より、心を打たれました」

フランセットの賛美に、シュバリエ公爵がこちらをまっすぐ見つめて目元を染めた。

「お恥ずかしい――今夜は淑女が聞き手なので、ロマンチックな歌を選んでみました」

凛々しく男らしい風貌のシュバリエ公爵が、はにかんだような表情を見せるのが、ひどくフランセットの胸を掻《か》き乱《みだ》した。

心臓がコトコト甘く脈動する。

なんだろう、この胸が締め付けられるようなやるせないような気持ちは。

これから別の人に嫁ぐというのに、ひどくやましい心持ちになる。

フランセットはシュバリエ公爵の視線が眩《まぶ》しくて、目線をそっと逸《そ》らした。


翌日、早朝に宿営地を出立し、一路マルモンテル王国を目指した。

夕刻前に、一行は首都へ入った。

「なんて大きな街……」

窓から外を覗いたフランセットは息を飲む。

首都街はきちんと区画され整備されている。

通りは綺麗に石畳で舗装され、整然と建てられた家屋はオレンジ色のレンガと白い屋根で統

一されていて、目にも美しい街並みだ。

大通りは馬車や荷馬車がひっきりなしに行き交い、沿道には食料品店、お菓子屋、服屋、本屋、宝石店、美術商店、劇場まで揃《そろ》っていて、商品数も豊富だ。歩道を歩く人々は貴族も商人も平民も、身ぎれいで栄養の行き届いた顔ツヤをしている。マルモンテル王国は大陸一文化や産業が発達していると聞いていたが、それを目の当たりにして、フランセットは圧倒された。

それに比べ、祖国ラベルはなんと貧しいことだろう。

舗装もなく土ぼこりの舞う道を、痩せてボロをまとった人々がうろつき、茅葺《かやぶ》きや古い木造家屋ばかりの建物、水はけの悪い土地は、大雨の時は洪水になり、日照りが続けばすぐに干ばつになる。

唯一、白薔薇の栽培だけが、国を明るく華やかに彩っていたのに、いまはそれさえ見る影もない。

(私の結婚で、祖国が支援してもらえるのだわ。気持ちを引き締めて、ジェラーデル侯爵様に気に入られるように努めよう)

それまで少しばかり観光旅行気分だったフランセットは、新たに決意をするのだった。

大通りを抜けた一行は、その先にそびえる王城の正門前に到着した。

城のぐるりは深い堀が巡らされて、重々しい跳ね橋を下ろして城内に入るようになっていて、警備も万全だ。

重厚な城壁に囲まれ、高い尖塔《せんとう》が雲にまで届くのではないかと思うほどの勇壮な城に、フランセットは声を失う。

馬車が止まった。

「王女殿下、到着しました」

外からシュバリエ公爵が声をかけ、扉を開けた。

彼は旅先とは人が違ったように厳格な表情をしていた。

「どうぞ――城内にあるジェラーデル侯爵殿の離宮へご案内しましょう」

フランセットは、ジェラーデル侯爵からの迎えが一人も出ていないことに気がついた。が、そのことは口にせず、シュバリエ公爵の手を借りて馬車を降りる。

不安で少し足が震えている。

「お連れの侍従たちや荷物などは、後で運ばせます。まずは、ジェラーデル侯爵にご挨拶をなさいませ」

シュバリエ公爵の言葉に、こくんとうなずく。彼の腕に自分の腕を預けたまま、ゆっくりと城内に向かった。

背後で騎士団員たちが整列して、フランセットを見送ってくる。

フランセットは思わず振り返り、心を込めて言った。

「騎士団員の皆さん、道中ほんとうにご苦労でした。おかげで、とても安全で楽しい旅ができました」

列の一番前に立っていたクレール中隊長がふいに号令をかけた。

「敬礼！」

さっと騎士団員全員がフランセットに向けて最敬礼した。

フランセットは感激で胸がいっぱいになった。

「皆さん、ほんとうにいい方ばかりで……」

思わずつぶやくと、シュバリエ公爵が小声で返す。

「王女殿下の人徳ですよ。あなたのお優しい気持ちが、部下たちにも伝わったのです」

思いやりある言葉に、フランセットは泣きそうになった。

城の玄関ロビーだけで、祖国の大聖堂よりも広い。アーチ型の天井には美しいステンドグラスの天窓が嵌《は》め込《こ》まれ、床は大理石、壁には一面に勇壮な神話物語のフレスコ画が描かれている。廊下には彫刻を施した円柱がずらりと並び、無数の高い窓、重々しく豪華なカーテン、いたるところに飾られた美術品の数々。あまりの豪華さと重厚さに、フランセットは衝撃を受ける。慎ましい平屋建ての祖国の城など、掘っ建て小屋のように感じた。

先ほどの意気込みはどこへやら、心細さと不安ばかりが募ってくる。

「公爵様――私のような田舎者が、ジェラーデル侯爵様のお気に召しますでしょうか？」

歩きながら、思わず卑下するようなことを言ってしまう。

「大丈夫です。あなたはとても清楚《せいそ》で美しく、思いやり深い方だ。私の部下たちも皆、あなたに魅了された。自信をお持ちなさい」

シュバリエ公爵に励ますように言われ、少しだけ気持ちが落ち着く。

「あの……シュバリエ公爵様も、そう思われます？」

おずおずとたずねると、まっすぐ前を向いて歩いていたシュバリエ公爵が、一瞬こちらに顔を向けた。ひどく憂いを帯びた眼差《まなざ》しに、フランセットはドキンとした。

「もちろん、思いますよ」

そのひと言が、じんわり心を温かくした。

やがて、回廊の先に白亜の大豪邸が現れる。

シュバリエ公爵は、入口を守る護衛兵に告げる。

「ラベル王国の王女殿下をご案内した。宰相殿下に取り次ぐように」

「はっ、申しつかっております――王女殿下、どうぞ中へ」

護衛兵が重々しい扉をゆっくりと開く。

やんわりとシュバリエ公爵の腕が離れた。

「では、私はこれで――王女殿下、どうぞ末長くお幸せに」

シュバリエ公爵は一歩下がり、一礼した。

「あ――」

なにか言わねば、とフランセットが迷っているうちに、扉はシュバリエ公爵の前でバタンと閉じられてしまった。

「殿下、こちらへ。主人がお待ちです」

背後からふいに抑揚のない声をかけられて振り返ると、執事が立っていた。

「あ、はい」

気を取り直し、王宮と見紛《みまが》うばかりに豪華な内装に圧倒されながら、執事の後から廊下を進んでいく。執事は堅苦しい顔をしたままひと言も声をかけてこない。

てっきり応接間にでも通されるかと思ったのだが、階段を上がって二階のプライベートな所まで連れて行かれた。廊下の突き当たりの扉までくると、執事が扉を軽く叩《たた》く。

「ご主人様、王女殿下がお付きです」

執事の声に、扉の奥からダミ声が聞こえた。

「入れ」

執事は扉を開くと、中へ入るように手の動作だけで促した。

フランセットはおずおずと部屋の中に足を踏み入れる。暖炉の熾火《おきび》だけの薄暗い部屋の中央に、大きな天蓋付きのベッドが鎮座している。

「――っ」

いきなり寝室に通されたのだ。フランセットは唖然《あぜん》として立ち尽くした。

「なにをしている？　王女殿下、こちらに来なさい」

ベッドの方から濁った声が呼ぶ。

「は、はい……」

勇気を振り絞り、フランセットはベッドに近づいた。

天蓋幕が巻き上げられ、そこに人影が見える。

ぷんと酒臭い。ベッドの脇の小卓の上に、ワインの瓶とグラスが置いてある。

フランセットは両手でスカートを摘んで、恭しく挨拶した。

「初めてお目にかかります。ラベル王国の第一王女、フランセット・ル・ブランでございます。殿下におかれましては、ご機嫌麗しゅう……」

一礼して、顔を上げてから、フランセットは我が目を疑った。

ベッドで全裸の男女が抱き合っていたのだ。

一人は大きな口髭《くちひげ》をたくわえた中年の男性で、彼がジェラーデル侯爵であろう。

そしてもう一人は、豊満な肉体をし派手な赤毛の成熟した女性であった。

「きゃっ」

思わず悲鳴を上げて、顔を覆ってその場にしゃがみこんでしまった。

「まあまあ、王女殿下におかれては、なんと幼いことかしら」

赤毛の女性がくすくす笑う。

「ジェラーデル様、こんな子どもを正妻にせよなんて、国王陛下もご無体なことですわね」

「兄上の命令だからな、逆らえぬ。ジャンヌ、今夜はもう下がりたまえ、また明日、連絡するよ」

ジェラーデル侯爵の言葉に、ジャンヌと呼ばれた女性がベッドをするりと下りる気配がした。

「あら残念ね。それじゃあ、失礼するわ、ジェラーデル様。愛しているわ」

「私も愛しているよ」

正妻になるはずのフランセットを目の前に、二人はぬけぬけと愛の言葉を交わした。フランセットは衝撃で目の前がクラクラした。悪い夢でも見ているようだ。

女性が立ち去っても、フランセットはうずくまったまま立ち上がれないでいた。

「王女、いつまでそうしている。顔を見せなさい」

ジェラーデル侯爵が、苛立《いらだ》たしげな声を出した。

フランセットはのろのろと立ち上がる。

ベッドに半身起したジェラーデル侯爵は、ぶしつけな視線でフランセットの頭から爪先までながめた。

「確か十八歳と聞いたが、ずいぶんと幼く見えるな。やぼったいドレスのせいか」

心無いことを言われて、フランセットはかあっと頬《ほお》が熱くなる。

「まあよい、着ているものなどより、中身の問題だ。さあ王女、ドレスを脱いでここにおいで」

ジェラーデル侯爵が自分の下腹部を覆っていた毛布を剥《は》いだ。

「ひ……」

フランセットは全身が固まってしまう。成人の男性の裸体などほとんど見たことなどない。

ましてや、性器を目の当たりにするなんて、生まれて初めてであった。

ジェラール侯爵は、ここで今すぐ男女の行為をするつもりなのか。

今さっき、初めて顔を見たばかりの人だというのに。

「あ、あの……まだ、お互いのことをなにも知りません……このようなことは……」

声が震え、フランセットは頭の中で恐怖と混乱が荒れ狂い、気が遠くなりそうだった。

いっこうに動こうとしないフランセットに業を煮やしたのか、ジェラーデル侯爵は全裸のままベッドから下りると、乱暴に腕を掴《つか》んで引き寄せた。

「あっ」

力任せにベッドの上に押し倒された。

「男女が知り合うには、こうするのが一番早い」

そのままフランセットの上にジェラーデル侯爵が馬乗りになる。

お腹《なか》の底から嫌悪感が込み上げてきた。

「いやっ、やめてくださいっ」

悲鳴を上げて相手を押し返そうとした。

「なぜそう嫌がる？　私たちは結婚するのだ。夫婦として当然の行為だろう？　おい、まさか、処女ではないとかではないだろうな？」

あまりに侮辱的な言葉に、フランセットは頭にカッと血が上った。

なおも押さえ付けてこようとするジェラール侯爵の手を振り払いつつ、手探りで傍の小卓の上のワイン瓶を掴んだ。もう無我夢中だった。

そしてその瓶で思い切り、ジェラーデル侯爵の頭を殴ってしまった。

「うわっ」

大げさな悲鳴を上げて、ジェラーデル侯爵が頭を抱えてうずくまる。その隙に、フランセットはベッドから転げるようにして逃げた。部屋の隅に身を寄せ、がたがたと震えた。

「こ、この、小娘が――」

顔を起こしたジェラーデル侯爵は、忌々しげにこちらを睨《にら》む。

「戻ってくるんだ」

「いやです、こんな恥知らずな行為、絶対いやです！」

フランセットは首を大きく振った。口惜しさのあまり涙が溢《あふ》れてきた。

ジェラーデル侯爵は舌打ちをする。

「兄国王の命令でなければ、お前のような田舎の貧乏国の王女を、正妻になどするものか。お前の価値は生娘であることだけだろう」

「……」

フランセットは絶望感に声を失った。なんという酷《ひど》い人だろう。こんな人と結婚するのか。

両手で身体を抱き込むようにして、いやいやと首を振り続ける。

ジェラーデル侯爵がこれ見よがしにため息をついた。

「頑固なロバのような娘だな。もうよい。とにかく、寝室にお前を招き入れて、兄国王への結婚の体裁はできた。だから、もうお前は必要ない」

「え……？」

何を言われているのか理解できず、フランセットは涙でぐしゃぐしゃの顔をわずかに起こす。

ジェラーデル侯爵は冷酷な顔に笑みを浮かべた。

「お前とは離婚する」

「!?」

「離婚の理由は生娘《きむすめ》ではなかったということにする。そうすればお前の国の責任だ。傷物の王女だったということで、兄国王も納得するだろう。お前は国に戻るなりと、好きにしていいぞ」

「――」

フランセットは呆然《ぼうぜん》とした。

ほんの二時間ほど前に、ジェラーデル侯爵の宮殿に来たばかりだというのに。言われのない難癖をつけられて、追い出されるのだ。

「早くこの宮殿から出て行け」

ジェラーデル侯爵はフランセットに向けて犬でも追い払うように、手を振った。

フランセットはふらふらと立ち上がる。

相手がどんな人でも、誠意を尽くして夫婦になろうと決意して、祖国を出てきた。

でも、もはやフランセットの心はずたずたに傷つき、そんな決心は吹き飛んでしまった。

よろめきながら、寝室を出る。

壁にすがるようにして廊下を歩いて行くと、先ほどの執事が立っていた。流石《さすが》に彼は不審そうに声をかけてきた。

「王女殿下、どちらへ？」

涙で執事の顔が歪《ゆが》んで見える。フランセットは掠《かす》れた声で言う。

「どこ……？　私にもわかりません……どこか、ここでないどこかに、連れて行って……」

そこまでが気力の限界だった。

フランセットはすうっと地に引き込まれるように気を失ってしまった。

王宮の国王の執務室で、マルモンテル国王は気難しい顔で考え込んでいた。

たった今、ジェラーデルがフランセット王女を離縁したと言う知らせが舞い込んで来たのだ。

理由は、フランセット王女が処女でなかったからだという。

王女は数時間前にこの国に到着したばかりだ。その王女に、ジェラーデルは即座に手をかけたということか。

昔から、弟の愚行には頭を悩まされていた。

享楽的で自分勝手で、王弟としての立場をわきまえていない。それでも身内なので、マルモンテル国王は王族としての自覚を持たせたくて、手を尽くして来た。

宰相という責任ある地位を与え、辺境国ではあるが由緒正しい王家の娘と結婚させた。

だが、それも無駄だったのか。

国王は、亡き王妃の妹の息子で甥《おい》にあたるオベール・シュバリエ公爵のことを思う。

同じ王家の男だが、オベールは数段優れた人間だ。

まだ二十八歳であるが、文武両道で陸軍総司令指揮官として誠実に政務をこなし、部下や国民からの信頼も厚い。

弟がオベールのような人間だったら、と何度も思ったことか。

これまでも、事あるごとに執務の相談に乗ってもらい、有用で的確な答えを得ていた。子どものいないマルモンテル国王にとっては、実の息子同然な気持ちであった。

マルモンテル国王は顔を上げ、執務机の上の侍従を呼ぶ鈴を鳴らす。

すぐに現れた侍従に、マルモンテル国王はオベールを急ぎ呼ぶように命じる。

程なく、騎士団長の制服姿のオベールがやってきた。

「陛下、緊急のお呼び出し、何事でしょうか？」

オベールの知的で落ち着いた態度に、マルモンテル国王はホッとする。

「オベール、内々の相談だ。他言無用に頼む」

「はっ」

「近くへ」

オベールが足音を忍ばせ、執務机の前まで来た。

マルモンテル国王はおもむろに切り出した。

「そなたが護衛してくれたラベル王国の王女殿下のことだが。我が弟めは、即座に寝所に引き入れたようなのだ」

「は？」

わずかにオベールの表情が動いた。

「そこで弟の言い分によれば、王女は処女ではなかったということで、その場で離縁を申し渡したと言う」

オベールの綺麗な眉がぴくりと上がる。

「そのような——あの王女殿下に限って、そんなことはあり得ません。無垢《むく》で誠実で清らかなお方でした」

　彼の語気が強くなった。いつも冷静に話すオベールには珍しい。

　マルモンテル国王は深刻な顔で続ける。

「そなたのいう通りかも知れぬが、閨《ねや》のことは当事者同士しかわからぬ。すでに王女は弟に離縁を申し渡され、宮殿を追い出されたというのだ」

　オベールが顔色を変えた。

「では、王女殿下は今どちらに？」

「気を失われて、今、王宮の医務室で休んでおられる。医師の見立てでは、大事はない。すぐに目をさますだろうとのことだ。お付きの侍女がつききりなので、心配はない」

　オベールは唇を噛《か》んだ。

「なんという——おいたわしい」

「そうだな、いたいけな王女に酷い仕打ちだった。私も慚愧《ざんき》の念に耐えない。だが、今後、あの王女をどのように扱ったらよいものか。このまま祖国へ追い返すのでは、あまりに心無い。いくら辺境国相手でも、我が国の評判にもかかわる問題だ。オベール、なにかよい手立ては考えられるだろうか？」

　オベールはうつむいてじっと考え込むふうだった。

が、すぐに彼は顔を上げまっすぐにこちらを見た。

「陛下、ご提案があります」

「うむ、なにか考えついたか？」

「はい。王女殿下に、再婚相手を与えるというのはどうでしょう？　それなりの身分のある独身の貴族と再婚していただき、この国で心穏やかな暮らしを送るようにして差し上げるのです。そうすれば、支援を惜しまない限りは、ラベル王国側も納得してくれましょう」

「なるほど、それはよい案だな。だが、果たして身分ある独身貴族たちの中で、王弟の手が付いてから払い下げられた辺境国の王女を、娶《めと》ろうというものがいるだろうか」

「陛下」

オベールは強い意志のこもった眼差しになる。

「私が王女殿下を娶りましょう」

マルモンテル国王は目を丸くした。

確かに、オベールはまだ独り身で、この国では国王、王弟に次ぐ地位と身分を持つ者だ。

「しかし、オベール、よいのか？　そなたが義侠心《ぎきょうしん》に篤《あつ》い男であることは知ってはいるが。それだけで、結婚を決めるのか？」

マルモンテル国王は、オベールが義務感と忠誠心で言い出したのではないかと考える。

オベールはふっと表情を緩め、晴れ晴れとした顔になった。なんと美しいのだろうと、男性のマルモンテル国王でも心がざわつくくらいだった。

「陛下、私は王女殿下を心から大事にいたします。不敬なことですが告白します。私は――」

そこでオベールは、白皙《はくせき》の頬をわずかに染める。

「王女殿下に心惹《ひ》かれていました――ずっと、最初にお目にかかった時からです」

第二章　払い下げ再婚？

『お前とは離婚する。さっさとこの宮殿から出ていくがいい！』

頭の中をジェラーデル侯爵の非情な言葉がぐるぐる渦巻く。

「……ん……」

泥沼から這《は》い出るような不快な気分のまま、目が覚めた。

白い天井と白い壁、白いカーテンに囲まれたベッドの上に横たわっていた。

「ああ、王女殿下、気が付かれましたか？」

心配そうにお付きの侍女が顔を覗き込んできた。

「……私は？」

「王女殿下は、侯爵様の宮殿で失神されてしまわれたのですよ。ここは王城の医務室です」

「ああ……そうでした」

頭がガンガン痛む。侍女の手を借りて、のろのろと身を起こした。

全身が鉛のように重い。悲しみと絶望で、ぐったりしていた。

これからどうしていいか、考えもつかなかった。

と、カーテンの外から聞き覚えのある声がした。

「お目覚めですか、王女殿下？　失礼してもよろしいですか？」

深みのある艶めいた声に、フランセットはドキドキして顔が赤らむのを感じた。慌てて寝乱れた髪の毛を撫《な》で付ける。

「は、はい」

スルスルとカーテンが引かれ、シュバリエ公爵が姿を現す。

お付きの侍女が気を利かせて、頭を下げたまま素早くカーテンの向こうに姿を消した。

シュバリエ公爵は長身をかがめ、気遣わしげこちらの顔を見つめた。

「おかげんはいかがですか？」

「も、もう大丈夫です。恥ずかしいわ、気を失ったりして……」

無理やり笑顔を浮かべると、シュバリエ公爵が気の毒そうな表情になった。

彼はすでにフランセットが離縁されたことを知っているのだと気がつき、お腹の底から羞恥心が込み上げてくる。彼に合わせる顔がない。うつむいて消え入りそうな声を出す。

「ご、ごめんなさい……公爵様や騎士団員の皆さんに、あんなにも良くしていただいたのに、このような結果になってしまって……」

惨めでいたたまれない。一刻も早く、この国から去りたい。

「私……すぐに帰国しますから……もう二度と、皆様にご迷惑はおかけしません」

シュバリエ公爵がじっとこちらを見ている視線を感じ、身体の奥の方がなぜかざわついてくる。

「お国に帰られると？」

「はい……」

「帰られてからの、お身の振り方などは、お考えに？」

フランセットは弱々しく首を振る。

「いえ……」

祖国の一心の期待を背負って嫁いできたのに、このような結果になって、両親にも国民にも合わせる顔が無い。心の底から無念で、悲しみが込み上げる。だが、小国といえど王女なのだ、人前で涙を見せてはいけない。そう必死で自分に言い聞かせた。

「お気の毒です——」

シュバリエ公爵が心から同情しているような声を出した。フランセットは鼻の奥がじんと痛み、嗚咽《おえつ》が込み上げてくるのを感じた。

泣いてはいけない、泣くものか。

ジェラーデル侯爵に酷い言葉を投げつけられた時だって、涙を流さなかったのだ。

だが、シュバリエ公爵の優しさに触れると、勝手に唇がわなわなと震え、目に熱いものが溢れてくる。

「う……っう」

両手で顔を覆い、声を押し殺して啜《すす》り泣《な》いてしまった。

シュバリエ公爵は無言で見下ろしている。

子どもみたいに泣き出して、呆《あき》れているのかもしれない。

でももう、涙が後から後から溢れてきて、止められなかった。

と、おもむろにシュバリエ公爵の大きな掌が、ゆっくりとフランセットの背中を撫で始めた。

赤ちゃんをあやすみたいにそっと、優しく。

その掌の温かさが、フランセットの薄い背中にじんわりと沁《し》みてくる。

どのくらい泣き続けただろうか。

目が溶けそうなほど、泣いて、泣いて。やがて、徐々に気持ちが落ち着いてきた。

涙で濡《ぬ》れた両手を顔から離すと、シュバリエ公爵が黙ってハンカチを差し出した。受け取って、涙を拭く。

どんなにみっともない顔をしているだろうと思うと、恥ずかしくて彼の顔を見られない。

「——王女殿下。こんな時に持ち出すのもいかがかとは思いますが、実はあなたの今後の身の振り方について、国王陛下と相談したのです」

「……国王陛下と？」

そろそろと顔を上げる。

シュバリエ公爵の深い青い目と視線が絡む。

「――王女殿下、私と再婚しませんか？」

「え……？」

最初、言葉の意味がよく頭に入ってこなかった。

シュバリエ公爵は恐《こわ》いほど真剣な表情だ。

「このまま不名誉な醜聞を背負ったまま帰国なされては、あまりに不憫《ふびん》だ。国王陛下もあなたとジェラーデル侯爵殿下の結婚について、責任を感じられておられます。あなたには相応の身分と財産を持った男性と再婚し、この国で暮らしていただきたい、そう陛下も申されています。私は独り身だし、国王陛下の甥にあたりますし、陸軍総指揮官騎士団長を務めております。私では不足でしょうか？」

「……」

思いもかけない申し出に、フランセットは呆然として声も出ない。

ついさっき、離縁されたばかりだというのに、もう再婚しろという。

頭と心が状況の目まぐるしさについていけない。

でも、相手がシュバリエ公爵なら――。

心の隅に、やましく浅ましい気持ちが湧き上がり、フランセットは己を恥じる。そして、じっと胸の中で考えた。

おそらく、マルモンテル国王は自国とラベル王国の双方の面子を考えたのだろう。

あらぬ理由で離縁されてこのまま帰国したら、最初の結婚の条件であるラベル王国支援の話も潰《つい》えてしまうかもしれない。それだけはダメだ。

何のために意を決してこの国に嫁いできたのだ。祖国を救うためだったではないか。

フランセットはおずおずと切り出す。

「わ、私などで……よろしいのですか？」

シュバリエ公爵がわずかに笑み浮かべる。

「無論です。それに国王陛下は、王女殿下が我が国に留《とど》まるのなら、お国への支援も約束通り行うとのお言葉です」

彼はフランセットの心の内を見透かしたように、そう付け加えた。

フランセットはほっと息を吐いた。

「それなら……」

シュバリエ公爵も安堵《あんど》したような顔になる。

「よかった。よく決心してくれました」

「いえ、私の方こそ、国王陛下と公爵様に窮地を救っていただいて、感謝の言葉もありません。でも——ほんとうに、こんな辺境の田舎王女なんかでよろしいんですか？」

ジェラーデル侯爵に投げつけられた数々の侮辱の言葉を思い出し、顔をうつむけてしまう。

きっと、国王陛下に忠誠を誓っているであろう騎士団長のシュバリエ公爵は、命令を呑むしかなかったのだろう。貧乏国の王女で、支援目当てに嫁がされ、結婚相手から即離縁された惨めな娘。そんな者を誰が喜んで受け入れるだろうか。

シュバリエ公爵に貧乏くじを引かせてしまった気がした。

彼ほどの美貌と地位のある男性なら、女性など選び放題のはずだ。なんの瑕疵《かし》もない、この国の洗練された淑女を娶るのがふさわしいのに。シュバリエ公爵が誠実で人徳者なだけに、後ろめたい気持ちでいっぱいになった。泣き尽くしたはずなのに、再び大粒の涙がポタポタと滴り落ちる。

「王女殿下――お顔を上げてください」

節高な指が伸ばされ、フランセットの細い顎をそっと持ち上げた。

「あ」

「私を見てください」

フランセットは濡れた眼差しでシュバリエ公爵を見上げた。彼の瞳には一点の曇りもなかった。深い海の底のような目に見つめられると、フランセットは心臓を丸ごと持っていかれそうなほど魅了されてしまう。ドキドキ脈動が速まって、息が苦しくなる。

「あなたで、よいのです。私が決めたのです」

「っ――」

「大事にします」

「……」

「この国に嫁いできたことを、後悔させないように、努力します」

「……」

ひと言ひと言噛み締めるような実直な言葉は、フランセットの心の柔らかい部分に沁みていく。

「シュバリエ公爵、私……」

なにか自分も言わねばと思うのに、胸がいっぱいで声が出ない。

「オベールです、そう呼んでください」

「オ、オベール様……」

彼の名前を呼ぶと、身体がじわっと熱くなった。

そして、やっと気持ちが落ち着いてきた。

「では、私のことも、フランセットと、呼んでください」

「フランセット――」

この国に来て、初めて名前を呼ばれた。

「フランセット、フランセット」

オベールは口の中で転がすみたいに、繰り返し名前を呼ぶ。

フランセットは目を閉じて、その響きを味わった。

と、かすかな息遣いが近づいてくる気配を感じた。

温かくて柔らかいものが、唇に触れてきた。

「っ――」

口づけされたのだと気がつくまで、数秒かかった。

瞬間、全身に甘い痺《しび》れのようなものが走った。

オベールの唇は、優しくフランセットの唇を撫で、ゆっくりと離れた。

フランセットは瞼《まぶた》を上げられなかった。

心臓が壊れそうなくらい打ち付けている。

生まれて初めての異性からの口づけに、眩暈《めまい》がしそうだ。

こんなにも素晴らしく心地よいものなのだ。

ゆっくり目を開くと、少し照れたようなオベールと目が合う。

フランセットも恥ずかしくてドキマギしてしまう。

なんという日だろうと思う。

政略結婚でこの国に嫁いできて、相手に気に入られずに即離縁され、今度は別の男性から再婚の申し込みをされた。

なにもかも、夢の中の出来事のよう。

ただひとつ、わかっていることがあった。

フランセットは、オベールと出会った時からずっと、彼のことが気になって仕方なかった。

淡い憧れを感じていた。

その気持ちがなんであるか、うすうすわかっている。

でも、この想《おも》いは絶対に胸の奥にしまっておこうと思った。

オベールは国王陛下の命令で、義務感からフランセットを娶るのだ。

感謝こそすれ、それ以上のやましい気持ちは彼の誠意に失礼だ。

誠意には誠意を持って返そう。

そう強く自分に言い聞かすのだった。

「では、まずは私の屋敷へご案内します。もう起き上がれますか？」

オベールの言葉に、フランセットはコクンとうなずき、ゆっくりベッドから降りようとした。

だが、膝に力が入らずよろめいてしまう。

「危ない」

咄嗟《とっさ》にオベールがフランセットの身体を抱き留めた。直後、ふわりと身体が宙に浮いた。

「あ……っ」

オベールに軽々横抱きにされていた。

「まだ顔色が悪い。無理せず、このまま屋敷までお運びしましょう」

フランセットは狼狽《うろた》える。もじもじとオベールの腕の中で身じろぐ。

「いえ、そんな、みっともないです。自分で歩きます」

「遠慮はいらない。私たちは夫婦になるのですから。どうか、このまま私に身を預けてくださ
い」

逆にぎゅっと抱きしめられ、背中をぽんぽんとあやすように叩かれた。

「夫婦」という言葉にかあっと全身が熱くなり、四肢から力が抜けてしまう。

オベールは片手でカーテンを引くと、さっさと歩き出す。医務室の隅で待機していた侍女が、
目を丸くしている。

「王女殿下を私の屋敷までご案内する。付いてくるように」

オベールは侍女に声をかけ、医務室を出た。

かって知ったるようで、オベールは城内の廊下をどんどん進んでいく。

通りすがる兵士や侍従たちが、不思議そうな顔で見ていく。

「うう……」

恥ずかしくて、オベールの逞《たくま》しい胸に顔を埋めてしまう。服の上からでも鍛え上げられて引
き締まった筋肉が感じられ、別の意味で恥ずかしくなり動悸が速まってしまう。

「私も一応王族なので、城内に屋敷があります。騎士団長という役職なので、騎士団員たちの

寄宿舎のすぐ側で、少しばかり騒がしいかもしれませんが」

オベールは説明しながら、長い回廊の突き当たりまでくると、右に曲がった。

不意に、馬のいななきや、掛け声、武具の打ち当たる音などがどっとフランセットの耳に飛び込んでくる。

ハッと顔を上げると、開けた場所に出ていた。

そこかしこに大きな松明《たいまつ》がいくつも立っていて、昼間のように明るい。広い馬場があり、その先に寄宿舎らしき二階建ての大きな建物が見えた。見覚えのあるクレール中隊長が、二人の姿を見るや否や大声で号令をかけた。

「全員整列！」

それまであちこちでばらばらにたむろしていた騎士団員たちが、一瞬で中央に集まり、整列した。

オベールは彼らの前まで来ると、フランセットをそっと地面に下ろした。

隊列にはこの国まで護衛してくれた顔馴染《かおなじ》みの騎士団員たちも見え、フランセットはきまりが悪くて顔を伏せてしまう。この状況をオベールはどう説明するのだろう。

オベールはフランセットの肩を優しく引き寄せ、胸を張って言った。

「本日、私はフランセット・ル・ブラン嬢と婚姻した。知っての通り、彼女はこの国に来たばかりだ、充分気を遣ってやってほしい。よろしく頼む」

何も隠し立てしない率直な言葉に、フランセットは度肝を抜かれる。今日ジェラーデル侯爵に嫁いだはずのフランセットが、なぜオベールの妻としてここにいるのか、全員が不審に思うだろう。騎士団員たちの視線が怖くて、顔を上げられない。

「おめでとうございます、騎士団長閣下」

クレール中隊長の恭しい声がした。

「おめでとうございます！」

騎士団員たちが声を揃えた。

フランセットはおずおずと顔を上げる。

目の前に並んだ騎士団員たちの表情は誠実でにこやかで、誰もこの婚姻をいぶかしく思っている様子がない。

オベールに忠実な騎士団員たちの節度ある態度なのだろうが、その気遣いは嬉《うれ》しかった。

「フランセット、皆に簡単な挨拶をしなさい。これから彼らは全員、君の忠実な騎士たちであり、かつ家族同様なのだからね」

オベールにそっと耳打ちされ、フランセットはゴクリと唾を呑み込んだ。うまい言い回しなど何も思いつかない。ただ、頭に浮かんだ言葉を心を込めて伝えよう。

「フランセットでございます。あの、オベール様や皆様にご迷惑がかからないよう、一生懸命努めます。よろしくお願いします」

言い終えてペコリと頭を下げると、クレール中隊長が晴れやかな声で言った。

「いやあ、カタブツ騎士団長殿にもやっと春が来ましたな。しかも、花のようにお美しい奥方だ。お目付役の私が先に結婚してしまい、騎士団長殿の手前、肩身が狭かったのですよ。これでひと安心だ。めでたいことこの上ない！」

飄々《ひょうひょう》としたクレール中隊長の言葉に、騎士団員たちがどっと笑い声を上げた。

彼らの明るい態度にフランセットは竦《すく》んだ気持ちが救われる思いで、ぎこちなく笑みを浮かべた。そっとオベールの方に目をやると、照れたように頭をかいている。松明の明かりに照り映えて、その表情はとても魅力的で、フランセットはこの国に来て、やっと気持ちが和むのを感じた。

その後案内されたオベールの屋敷は、騎士団員の寄宿舎の並びに建っていた。

王族の住まいだけに、平家《ひらや》だが左右両翼に棟が広がり、壮麗な建物だ。だが、過剰な装飾は無く機能的で、とても住み心地が良さそうだ。

屋敷に入ると、玄関ロビーのところで、オベールは付き従っていた侍女に、

「裏手に使用人専用の宿舎がある。ラベル王国からの侍従たちは、すでにそこに入ってもらった。お前も好きな部屋を自由に使ってよい。わからぬことは、宿舎の管理人に尋ねよ。向こう一週間は、私付きの侍女たちにフランセットの身の回りのことは頼むので、お前たちはまずはこの環境に慣れることから始めなさい」

と穏やかに告げた。侍女は感に堪えないと言った表情で、最敬礼してその場を去った。

オベールはフランセットに顔を向けた。

「さあ、フランセット。あなたもお腹が空いて疲れたろう。屋敷の者たちには先に連絡しておいたので、食事の用意、湯浴《ゆあ》みの用意はできている。先にゆっくり湯浴みし、着替えをして食堂においで。急がずともよいからね」

「ありがとうございます。そうさせていただきます」

ホッとして頭を下げると、オベールが笑いを漏らす。

「そんな堅苦しい言葉遣いは無用だよ」

「は、はい」

彼の気遣いは心に沁みるが、すぐには馴《な》れ馴れしくなどできそうにない。窮地を救ってもらったという後ろめたさもあり、どうしても気持ちが一歩後ろに下がってしまう。

「ようこそおいでになりました、奥方様。この屋敷の侍女長を務めるマリア・クレールと申します」

ハキハキした言葉遣いと共に、ふっくらした中年の女性が姿を現した。

「それじゃ、マリア、後は頼む。私も着替えをしてこよう」

オベールはマリアに声をかけると、フランセットに安心させるような目配せを送り、玄関ロビーから廊下の奥へ姿を消した。フランセットはオベールの後ろ姿を目で追う。一人取り残されると、捨てられた子猫のような心細さが込み上げる。

「さあさ、奥方様、どうぞこちらへ。まずは旅の汗を流して、スッキリしましょう」

マリアがキビキビした動作でフランセットの手を取って、浴室へ誘う。

広々とした洗面所で、マリアはフランセットのドレスを手際よく脱がせていく。

「ほんとうにまあ、長旅でしたねえ。騎士団員たちは荒くれ者が多いので、不快な想いはされませんでしたか？」

フランセットを安心させようとしてか、マリアは気さくに話しかけてくる。

「いえ……皆さん、とても親切で心強くて、道中はとても楽しかったですわ」

「まあ、それはようございました。さ、中へ」

白いタイルが目に眩しい浴室の中央に、猫脚の大きな浴槽があった。たっぷり張られた湯の上に、一面よい香りのする白い薔薇の花びらが浮かんでいる。

浴槽に浸《つ》かると、マリアが腕まくりして、蜂蜜の匂いのするシャボンをたっぷり使い、フランセットの身体を隅々まで洗ってくれた。その間にも、マリアは明るくおしゃべりを続ける。

「うちの亭主の話では、王女殿下――いえ奥方様は、それは騎士団員たちに優しく接してくださり、感動したと申しておりましたよ」

「え？　では、マリアさんの旦那様は、騎士団員なのですか？」

「はい、中隊長を務めておりますよ。今回の奥方様の旅の護衛役を仰せつかりまして」

「あ、クレール中隊長さん？　では、彼がマリアさんの旦那様なのね」

「はい。少し軽薄なところがあるので、失礼がなかったか心配でした」

「そんなこと――とても明るくて、私の気持ちを引き立ててくださって、感謝しかないです」

「あら嬉しい。あんな亭主でも、褒められるといい気分になりますね。これは私も奥方様に尽くさねばなりませんわ」

「まあ、ふふ……」

温かい湯と甘い香りのシャボン、マリアの軽快なおしゃべりに、フランセットは身も心も洗われる思いだった。

浴室から出ると、ふわふわの大きなタオルで丁重に拭われ、薔薇の香りのする滑らかなクリームを全身に塗り込まれ、洗い髪をうなじで束ねられた。その後、絹の下着を着せられふんわりした羽根のように軽い部屋着に着替える。その上からレースの襟がついた純白のガウンを着せかけられた。どれも新品で極上なもので、フランセットが自国から着てきたお古のドレスよりもよほど高価そうであった。

綺麗さっぱりすると、急にこれまでの疲れが出てきた。瞼が重くとろんとしてくる。マリアはフランセットの様子を見て、気遣わしげにいう。

「お疲れのご様子ですわ。食堂に行かず、このまま寝室で軽く何かお腹に入れて、お休みになった方がようございますか？」

「そうしていただけると、助かります」

「では、取りあえずご主人様の寝室へご案内しますわ」

マリアに手を引かれ、中央階段から二階へ上がり、廊下の奥の寝室へ案内された。

寝室は、卓と椅子と天蓋付きのベッドだけの簡素な作りになっていた。いかにも軍人が休むために必要な最低限のものだけを置いた、という感じが、オベールの飾り気のない性格を表しているようで好ましい。ベッド上の壁には、茶色に変色した古そうなリースが飾られてあった。ものを大事にする人柄なのだろう。

マリアはベッドの側の小卓の上のオイルランプの灯《あか》りをわずかに落とすと、ベッドの毛布を捲《まく》り上げ、フランセットを中に入れた。背中に柔らかな羽枕をいくつも押し込んで、楽な姿勢にしてくれる。

「お待ちください、厨房《ちゅうぼう》の侍女に何か温かい食べ物を運ばせますので」

マリアがそう言い置いて寝室を出ていく。

「ふう……」

フランセットは大きくため息を吐き、羽枕に背中を持たせかけた。

今日一日で、あまりに目まぐるしく人生が変わってしまったので、まだ夢の中にでもいるような気がする。

腰まで掛けた毛布に触れていると、掃除の侍女が見落としたのか一本黒い髪の毛が絡まっているのに気が付いた。その瞬間、ドキリと心臓が跳ねた。

このベッドはオベールが寝ているものだ。

ここに案内されたということは――。

フランセットはにわかに動悸が速まる。

夫婦になったのだから、マリアがオベールの寝室に招き入れたのは当然かもしれない。

でも、オベール様とそんなことを――？

フランセットは、ジェラーデル侯爵に寝室で酷い扱われ方をされたことを、生々しく思い出した。ジェラーデル侯爵の裸体、性器、乱暴に犯されそうになったことなど、次々頭の中を去来し、背筋がぶるっと慄《おのの》いた。

「いや……怖い……」

ぽかぽかしていた身体が、瞬時に冷えていくような気がした。頭から毛布を被り、両手で身体を抱きしめ、ガタガタと震える。

と、寝室の扉が軽くノックされた。侍女が軽食を運んできたのだろう。

「ど、どうぞ……」

フランセットは慌てて毛布から顔を出す。

扉が音もなく開き、ガウン姿のオベールが足音を忍ばせて入ってきた。手に食器の載った盆を持っている。

「気分はどうだね？　消化の良さそうな食事を選んで持ってきたよ」

まさかオベール自身が運んでくるとは思わなかったので、素早く作り笑顔を浮かべた。

「ありがとうございます」

オベールは手際よくベッドに簡易テーブルを作り、食器を並べた。

ほかほかと湯気のたつポタージュ、焼きたての白パンとデニッシュ、蜂蜜、バター、ふわふわのオムレツ、温めたミルク、甘いショコラ、新鮮なオレンジ、色とりどりのケーキやパイ。美味《おい》しそうな匂いに、やっと昼から何も口にしていないことを思い出す。

「さぞやくたくただったろう。気がつかず、食堂へ来いなどと言って悪かったね。マリアに小言を食らったよ」

オベールはベッドの際に椅子を引いてきて、腰を下ろした。

「そんな……食堂でお待たせさせてしまったのでは？　私こそごめんなさい」

「そんなこと気にしないでいい」

いつの間にか、オベールの言葉からすっかり敬語が消えていて、この人と夫婦になったのだと、改めて自覚した。

オベールはフランセットの首の周りに清潔なナプキンを巻くと、ミルクのカップを手にして、ふうふうと息を吹きかけてから、口元に押し当てた。

「さあお飲み」

コクンとひと口ミルクを飲み込むと、お腹の底に温かいものがゆっくりと落ちていく。

「美味しい……」

「そうだろう？　この城では王家専用の農場がある。毎朝とれたての牛の乳と鶏の卵、新鮮な野菜を使った料理が食べられるんだ」

オベールはミルクのカップを盆に戻すと、今度は白パンをちぎってたっぷりと蜂蜜を塗りつけ、フランセットの口に押し込んだ。もぐもぐしていると、またミルクのカップを手にする。

フランセットはごくんと呑み込んでから、慌てて言う。

「ひ、一人で食べられますから。そんなお手数を……」

「いいから、失神するほど疲れたんだ。今夜だけは特別だよ。さあ、口を開けて」

オベールは今度はオムレツをフォークで掬《すく》う。そして少しおどけて言う。

「こうやって新婚の妻に、親鳥みたいに食事をさせてあげるのが、少年の時からの私の憧れでね。頼むよ、夢をかなえさせておくれ」

フランセットは思わず笑みを浮かべた。

「ふふ……はい」

オベールも微笑《ほほえ》んだ。

「やっと心から笑ってくれたね、よかった」

その後もオベールは甲斐甲斐《かいがい》しくフランセットに食事をさせた。

もうお腹いっぱいだと言っても、テーブルの上のものを全部平らげるまで、口の中に運び続ける。

「そんな折れそうな細い身体をして、心配だ。君はもっと肉を付けなさい」

そう生真面目な顔で言われると、断れなかった。

デザートのパイの最後の一欠片《かけら》まで食べ尽くし、お腹がくちくなり、ほーっと満足のため息が漏れた。

「ああ——とっても美味しかったです」

オベールは目を細めた。

「そうか、よかった。頬がピンク色になって、とても元気が良さそうになった」

彼はテーブルと食器を傍に片付けると、手を伸ばしてフランセットの背中の枕を外し、そっと仰向《あおむ》けにさせた。

フランセットはぎくりと身を強《こわ》ばらせる。

これから、夫婦の営みを始める気なのだろうか。

同情からの結婚とはいえ、結婚は結婚だ。オベールが肉体関係を迫ってきても、拒む立場にはない。

でも——怖い、怖くて仕方ない。

あの時の、ジェラーデル侯爵の劣情に飢えた野卑な顔が目の前に浮かんでくる。

だが、離縁されて行きどころのない身を、オベールに救ってもらったのだ。彼が求めてきたら我慢して受け入れよう。

フランセットは覚悟して目をぎゅっと瞑《つぶ》った。

毛布が顎の下まで引き上げられ、大きな掌がフランセットの後れ毛を整える。その仕草には、少しも性的な感じがなかった。

「それじゃあ、ゆっくり眠りなさい」

思いもかけない言葉に、フランセットはぱっと目を開けた。

オベールが慈愛に満ちた表情で見下ろしている。

「あ、の、オベール様は、どちらでお休みに？」

「私は応接間の長椅子で寝るよ。なに、野営するよりは、ずっと寝心地がいいから」

抱く気はないというのか。

オベールが身を屈め、小卓の上のオイルランプの灯りを小さくしようとした。彼の端整な横顔を見つめているにうちに、フランセットはハッと思い当たった。

『離婚の理由は、生娘でなかったということにする』

ジェラーデル侯爵の酷薄な言葉が頭の中で渦巻いた。目の前が真っ白になる。

フランセットはがばっと起き上がった。

「オベール様っ」

切羽詰まった顔のフランセットに、オベールが怪訝《けげん》そうに言う。

「どうしたね？　暗くしないほうがいいかい？」

「ち、違うんです。わ、私、私は……私……」

口にしようとして、あまりの恥ずかしさに唇が震えた。

オベールがしゃがみ込み、掬《すく》い上げるような視線で見つめてくる。

「ん？　どうした？　なんでも言っていいんだよ」

フランセットは両手でぎゅっと毛布を握り締める。

「私……汚れてなんか、いません……」

「え？」

「私、初めてです……その、男の人と……」

こんな言い訳をするなんて、なんて屈辱だろう。目に涙が溢れてくる。

ぽたぽたと毛布に上に大粒の涙が滴った。

「嘘《うそ》じゃありません……信じてください……だから、嫌わないで……避けないで……」

オベールは目を見開く。そして、片手で落ち着かせるようにフランセットの細い肩を撫でた。

「君は、ジェラーデル侯爵の言葉を、私が信じていると思っているのかい？」

フランセットは目を逸らしてコクンとうなずく。

突き刺さるようなオベールの視線を感じ、いたたまれない。

ふうっと、オベールがかすかに息を吐く。

「そんな根も歯もないこと、信じるわけがない」

「……え」

「君は無垢で清らかだ。出会った時から、わかっていた」

フランセットはおそるおそる顔を上げた。

オベールは痛ましげな表情をしている。

「どうしてこんな清純な君を、嫌ったりできる？」

「……ほんとうに？」

「ほんとうだ。君が疲れていると思ったから、その——別室で寝ようと考えただけで」

「ほんとうに？」

「ほんとうだ。君はとても魅力的だ。側で寝たら、私だって男だからね、我慢できなくなりそうだから——」

オベールが目元を赤く染める。

フランセットはその恥じらう表情がひどく蠱惑的《こわくてき》だと思った。そして、身体の芯に甘く蕩《とろ》けるような不可思議な感覚が生まれてきた。

この人となら——。

フランセットは肩に置かれた手に自分の手をやんわりと重ねた。なんて大きな掌だろうと、最初に出会った時に感銘を受けた手だ。

「オベール様——私、平気です」

オベールが眩しそうに目を眇《すが》める。

フランセットはひたと彼に視線を据える。心から気持ちを込めて言う。

「あなたの妻として、生きていく覚悟はできています。だから——どうか」

それ以上ははしたなくて口にできないが、潤んだ瞳で訴える。

オベールは熱っぽい眼差しになる。

「いいのかい？」

「はい」

「フランセット、ほんとうに、夫婦になっていいんだね？」

「はい」

オベールはゆっくりと立ち上がった。

そしてベッドのフランセットの横に腰をかけた。

彼の体温を感じ、フランセットは心臓がドキドキする。

肩をそっと引き寄せられる。

覚悟はしたが、未知の行為に緊張はいやが上にも高まる。

「そんなに固くならないで」

オベールがひそやかな声で言う。

「優しくする。痛くも苦しくもさせない。ゆっくりとするよ。私に任せて」

フランセットはかすかにうなずいて目を閉じた。

第三章　初めてを捧《ささ》げた夜

オベールの顔が寄せられる気配がし、唇が重なる。

温かい唇は、そのままフランセットの額からこめかみ、頬、顎と辿《たど》っていく。温かい唇の感触が擽《くすぐ》ったいのに、肩がぞくぞく震える。

再び唇が包まれ、濡れたものがぬるりと触れてくる。

「ん……？」

舐《な》められていると気がつくのに数秒かかった。きつく噛み締めていたはずのそこをぬるぬると舐められ、そっと舌先で押し開かれた。するりとオベールの舌が侵入してきた。

「ふぁ？　あ、あ？」

驚いて声が出て目を見開いてしまう。

彼の舌が口腔《こうこう》をゆっくりと舐《な》め回《まわ》してきた。フランセットの身体がびくりと竦んだ。

こんな口づけがあるのか？

挨拶のための口づけしか知らないフランセットは、ぬるぬると歯列から口蓋、喉の奥まで這《は》い回る男の舌の動きに動揺してしまう。最後に怯《おび》えて縮こまる舌を探り当てられ、そこを丁重に舐められる。

「んんっ、ん、んぅ……」

戸惑って腰を引こうとすると、オベールの手が背中に回され、強く引き寄せられた。そして、同時にちゅうっと音を立てて強く舌を吸い上げられてしまう。

「んんんー、ふぁ、んゃ、あ、ふ」

息が詰まり頭がクラクラした。心臓が破れそうなくらいバクバクいっている。

強く吸い上げられるたびに、背筋にゾクゾクと悪寒が走り、体温が急激に上昇していくのがわかった。

「んぅ、ん、や……ぁ」

オベールのもう片方の手がフランセットの後頭部を抱え込み、動けないようにしてしまう。そして、彼は顔の角度を変えては存分にフランセットの甘い舌を味わった。

クチュクチュと唾液の弾ける卑猥《ひわい》な水音が耳孔に響き、うなじのあたりに不可思議な甘い痺れが走ってそこが火照ってくる。息ができなくて、胸が大きく上下に弾んだ。

舌を扱《しご》くように強弱をつけて吸い上げられると、未知の甘い痺れに四肢からみるみる力が抜けていく。

深い口づけを繰り返しながら、頭を抱えていたオベールの手が髪の毛に潜り込んで頭皮をまさぐったり、耳朶《じだ》の後ろを撫《な》で上げたり、ひっきりなしに刺激してくる。

あまりに濃厚な口づけに翻弄され、フランセットはやがてすっかり彼のなすがままになってしまう。嚥下《えんか》し損ねた唾液を、オベールがくまなく啜《すす》り上げる。そのじゅるっという猥雑《わいざつ》な音にすら、甘美に背中が戦慄《わなな》いた。

それは気が遠くなるほど長い口づけだった。

全身が強い酒で酔ったみたいに熱くなり、頭はぼんやり霞《かす》んでいく。

ようやく唇が解放された時には、フランセットはオベールの腕の中で蕩けた表情を浮かべてぐったりしてしまっていた。

「……は、はぁ、は、はぁあ……」

息を乱すフランセットの火照った顔に、オベールは触れるだけの口づけを落とし、熱っぽい眼差しで見つめてきた。彼の澄んだ青い瞳は、情欲を孕《はら》むと色を失って透明に近くなると知った。

「フランセット――」

名前をささやく掠れ声がやけに官能的に響く。

わずかに身を離したオベールが、フランセットのガウンをするりと肩から引き下ろす。薄い部屋着ごしに、まろやかな乳房が浅い呼吸に上下している。そして布地を押し上げて赤い乳首がツンと勃ち上がっているのが、くっきりと見えた。深い口づけに興奮してこんなに固くなってしまったのか。恥ずかしくて目を背けてしまう。だが、赤く色づいて熟れた乳首に、オベールの視線が注がれているのがはっきりと感じられた。

彼のしなやかな指が、しゅるしゅると部屋着の前あわせのリボンを解いていく。はらりと、部屋着が左右に寛《くつろ》ぎ、腰まで落ちた。

真っ白な素肌が露《あら》わになった。外気に触れた乳房の肌にさっと鳥肌が立つ。

「いや……見ないで」

思わず両手で胸を覆い隠そうとすると、オベールが静かにだが断固とした口調で言う。

「見せて」

フランセットは羞恥に気が遠くなりそうになりながら、ゆるゆると両手を下ろした。

「綺麗だ——純白の丘に小さな赤い蕾《つぼみ》がぽっちりと浮き上がって——」

「い、言わないで……そんなこと」

成人の異性に素肌を晒《さら》すなんて生まれて初めてで、恥ずかしくてたまらない。

「触れても？」

言いながら答えを待たずに、オベールの大きな掌がすっぽりと乳房を包み込んだ。ひんやりした掌の感触に、ぞわっと肩が震える。オベールはやわやわと乳房を揉《も》みしだきだす。

「あ、あ……」

「なんて柔らかい——指の間で溶けてしまいそうだ」

オベールは感動したような声を出し、節高な指先で、そっと尖《とが》り切った乳首に触れてきた。

「あっ」

指の腹が乳首を撫でた途端、ぴりっと甘い痺れが走り、フランセットは腰をびくんと浮かせた。

「感じる？」

オベールはフランセットの反応を窺《うかが》うような表情で、鋭敏になった乳首を指先でくりくりと抉《えぐ》ったり、指の間に挟み込んですり潰すように揉《も》み込んだりする。

「あ、あぁっ、あぁ、ん」

むず痒《がゆ》いような疼くような性的快感がそこから生まれて、じんわりと下腹部が熱くなってくる。

「感じるんだね、フランセット、気持ちいいかい？」

オベールは、敏感な乳頭を摘《つま》み上げたり、押し潰したり、乳輪を撫《な》で回したりと、多彩な触れ方で刺激してくる。

「あぁ、あ、や、だめ、あ、そんなに……」

乳嘴をいじられているうちに、お臍《へそ》の奥の当たりがきゅううんと痺れ、やるせないような感覚が襲ってくる。膣内がざわついて、脈打つような気がする。それが次第に強くなってきて、いたたまれなくなる。

「ん、ぁ、あ、オベール様……だめ、あぁ、んぁん」

内腿《うちもも》の奥のあらぬ箇所がジリジリ灼《や》けるように熱くなり、腰がひとりでにもじもじしてしまう。

「可愛い声を出す――悦くなってきた？」

オベールが耳元に、熱い息と共に吹き込むようにささやきかけ、その声にすらたまらない気持ちになってしまう。

オベールは耳朶から首筋、細い肩、鎖骨へと口づけを落とす。両手で乳房を掬い上げるようにして、熟れた乳首を寄せた。そして、そこへ顔を埋めてきた。そして、片方の乳嘴を指先でもてあそびながら、もう片方を口唇へ咥《くわ》え込んだ。濡れた舌先が乳首を舐め回し、吸い上げた。

「ひぁ、ああっ」

その途端、乳首がこれまで以上に甘く疼き、全身に痺れるような心地よさが広がっていく。

フランセットは背中を仰《の》け反《ぞ》らせて身悶《みもだ》えた。

「あ、あ、だめ、舐めちゃ……あぁ、あ、やぁあ」

初めて知る性的快感に、フランセットは戸惑いながらも、悩ましい声を抑えることができなかった。

「やぁあん、そんな、舐めないで、あ、だめ、あぁ、だめぇ」

ひっきりなしに襲ってくる甘い痺れは、腰から下を蕩けさせるようだ。艶やかな金髪を振り乱し、フランセットはイヤイヤと首を振る。

　フランセットの反応に気を良くしたのか、オベールはちゅっちゅっと音を立てて、交互に乳首を口に含み、舐めたり吸ったりを繰り返す。時々、歯を立てて甘噛みされると、それもなぜか淫らな刺激になって、下腹部の奥がきゅうきゅう蠕動《ぜんどう》し、何かに追い立てられるような気持ちになる。はしたない声を上げるのが恥ずかしくて、もうやめて欲しいのに、もっとして欲しいような矛盾した欲求に苛《さいな》まれた。

「あ、やだ、もう、お願い……やめ、て……」

　潤んだ瞳でオベールに訴えると、乳首を舐め上げながら顔を上げた彼が、薄く笑う。

「我慢できなくなった？」

「わ、わかり、ません……なんだか、おかしな気持ちに……」

　赤い舌を覗かせたオベールの表情が、あまりに色っぽくて、脈動が速まる。

「こっちも、触れて欲しくなった？」

　身を起こしたオベールは、フランセットの部屋着をすっかり剥《は》いでしまう。下半身が剥《む》き出しになり、フランセットは思わず両膝をぎゅっと閉じ合わせた。

「隠さないで、見せてごらん」

　オベールの大きな手が、やすやすとフランセットの膝を割り開いた。

「ああっ」

秘めた場所がすうっと空気に晒され、フランセットはあまりの恥ずかしさに両手で顔を覆ってしまう。顔を隠していても、あらぬ場所にオベールの視線が注がれていることが、痛いほど感じられる。

「とても綺麗だ――」

オベールがしみじみした声を出す。

「淡い薔薇色の花びらが、慎ましく震えていて。でも、朝露をたたえて、なんて猥りがましいのだろうね」

自分でも見たこともない秘所をどんなに美しい言葉で表現されても、恥ずかしさが増すばかりだ。それなのに、オベールの手は内腿にかかり、さらにそこを押し開いてしまう。ぱっくりと媚肉が開いて、何もかも晒されてしまう。

「きゃあっ、やめてっ……どうして……あっ？　あああっ？」

訴えようとした途端、しなやかな男の指先が、すっと割れ目を撫で上げた。刹那、ぬるっと滑る感触と淫らな疼きが襲ってきて、腰がびくりと跳ねた。

「濡れているね」

オベールは熱く疼く蜜口の浅瀬を、人差し指と中指を揃え、クチュクチュと掻《か》き回した。粘着音に、頭の中が羞恥でかあっと逆上《のぼ》せ、同時に明らかに自覚できる官能の快感が湧き上がってきた。

「あ、あ？　濡れ……？　な、に？　これ、なに？　どうして……？」

　オベールの二本の指が、無垢な陰唇をぬるぬると撫《な》で擦《さす》ると、得も言われぬ気持ちよさに隘《あい》路《ろ》の奥からとろりと溢れてくるのがわかる。

「君が私の舌や指で心地よくなると、ここから蜜が溢れてくるんだ」

「そんなの、や、恥ずかしい……も、もう、やめ……」

「いや、もっと触れてあげる。ここは、どう？」

　オベールは指の腹で蜜を掬い上げ、そろりと割れ目の上部に佇《たたず》む小さな突起をぬるりと撫で回した。

「ひあっ、っあああっ、あああ――っ」

　刹那、雷にでも打たれたような鋭い喜悦が一瞬で全身を駆け巡り、頭が真っ白に染まった。

　それは、経験したことのない、凄《すさ》まじい快楽だった。

「あここか。この小さな蕾が、君が一番感じてしまう淫らな器官なんだね」

　甘露でぬるついた指で、オベールは見つけたばかりの快楽の源泉を執拗《しつよう》にいじってきた。

「ンンンぅ、あ、だめ、あ、やだ、だめぇ、あ、あぁ、あぁあぁっ」

　ぷっくり膨れた秘玉を触れるか触れないかの力加減で抉られると、どうしようもなく感じ入ってしまい、腰から下がフライパンの上のバターのように溶けてしまうかと錯覚するほどだ。

　あまりに強烈な快感に耐えきれず、やめて欲しいのに、両足はさらに求めるようにだらしなく開いていく。

「や……足、あ、だめ、開いちゃう……やぁ、だめ、なのにぃ……」

腰も濃密な愛撫《あいぶ》をねだるみたいに、ひとりでに前に突き出してしまう。

四肢の力は抜けきっているのに、膣腔だけは淫らな収斂《しゅうれん》を繰り返す。そして、もっと深いところへの刺激を渇望する。

「君のここ、きゅうきゅう指を引き込んでくる。奥にもっと欲しい？」

オベールが艶めいた声で聞いてくる。うなずきそうになって、フランセットは慌てて首を横に振った。

「いやぁ、だめ、もうやめて、やめてください……」

「こんなに蜜を溢れさせているのに、嘘をついてはダメだよ。ほら、これはどう？」

オベールはビクビク震える充血した秘玉をそっと指で押さえ、小刻みに揺さぶってきた。痺れる快感がひっきりなしに襲ってきて、耐えきれないほど胎内に渦巻き破裂しそうだ。

「ああああっ、やぁ、あ、だめ、やぁ、だめぁ、何か、あ、何か、来る、来るのぉ」

下腹部の奥から大きな熱の塊のようなものが押し寄せてくる。

「イキそうかい？　フランセット、イっていいんだよ」

オベールはさらに猥りがましく指の右手の動きを速め、同時にひくつく媚肉の間に左手の指を潜り込ませてきた。

「んんんぁ、あ、指、挿入《い》れちゃ……だめぇ、あ、あ、あ、あああぁ」

飢えた淫襞が嬉しげにオベールの指を締め付け、隘路の中から深い悦《よろこ》びが生まれてきた。目の前にチカチカ官能の火花が弾け、愉悦の熱の塊が脳内まで押し寄せ、意識を攫《さら》っていく。

全身が硬直し、息が止まる。

「やめ……おかしく、あ、だめ、ほんとうに、来る、あ、あぁあ、あああああぁっ」

直後、意識が飛んで何もわからなくなる。

ビクビクと腰が痙攣《けいれん》した。

未知の感覚がフランセットの全身を犯していく。

「あ、あぁ、あ、ぁあ……」

不意に強張《こわば》りが解け、フランセットはシーツの上にぐったりと沈み込む。浅い呼吸が解放され、はあはあという自分の息継ぎだけが聞こえた。

オベールはまだ指を挿入したまま、フランセットを優しく見下ろす。

「初めてイったね、フランセット」

「い、いく……？」

フランセットは涙目でぼんやりオベールを見上げた。

「官能の悦びの頂点に辿《たど》り着くことだよ。とても悦かったろう？」

「いや……恥ずかしいっ……」

フランセットはあられもなく乱れてしまったことを恥じ、顔から火が出そうだった。

「何も恥じることはない、私の指で達してしまった君は、なんて可愛らしくて素直な身体をしているのだろうね」

優しい口調で言いながらも、オベールの愛撫は止まらない。節高な二本の指が、蜜壺の奥深くまで侵入してくる。違和感に腰が浮く。

「あ、あ、奥、指、そんなに入れちゃ……」

「痛いかい？」

オベールが指の動きを止め、気遣わしげに顔を覗《のぞ》き込《こ》む。フランセットはかすかに首を振った。

たっぷり濡れそぼっているせいか、痛みはない。

「そうか。嫌ならそう言ってくれていいからね」

オベールは深く挿入した指を隘路の中でゆっくりと揺らした。

「んんぅ、ん、ぁ、あ、あ」

「奥が誘うみたいに吸い付くね。指をもう一本増やせるかな？　どう？　痛い？」

揃えた指が三本に増える。少し苦しいが、痛みはなかった。

「そうか、動かすよ。少しでも広げてあげたいからね」

オベールの指がゆっくりと抜き差しを始めた。クチュクチュとくぐもった水音を立てて出入りする指の動きに神経が集中する。そうすると、次第に重苦しいような濃厚な感覚が生まれてきた。

「は、あ、ぁ、あぁ」

意識していないのに、膣襞が勝手にオベールの指に絡みつき、奥へと誘うような動きを繰り返す。そのうち、焦れた飢えが迫《せ》り上がってきて、指では足りず、何かもっと大きなもので埋め尽くされたいという淫らな欲求が高まってきた。

だが、初心《うぶ》なフランセットにはそんなことは口にできず、ただもじもじと尻をうごめかせるだけだった。

「ん、ふ、ふぁ、あ、あ、ぁん」

せつない喘《あえ》ぎ声が半開きの濡れた唇からひっきりなしに漏れ、猥りがましく身をくねらせてしまう。

「なんて色っぽいのだろう、フランセット。堪《たま》らないよ」

オベールが何かに耐えるような苦しげな声を漏らす。

彼の指がぬるりと抜け出ていった。

「あぁん……」

刺激を失い、フランセットは訴えるような鼻声を漏らした。

オベールが身を起こし、着ているものをもどかしげに剥ぎ取った。

「あ」

引き締まって彫像のように美しいオベールの裸体が露わになる。フランセットはうっとりと見惚れてしまう。

広い肩幅、美しい曲線を描く鎖骨、厚い胸板、幾つにも割れている腹筋、キュッと締まった腰――そして。彼の下腹部に息づく灼熱《しゃくねつ》の欲望を目の当たりにした時、フランセットは思わず悲鳴を上げてしまった。

「きゃ……」

それは臍を突き上げそうなほど雄々しく反り返り、赤黒く巨大な陰茎には太く脈打つ血管がいくつも浮いていた。凄まじい迫力だ。

「お、大きい……」

先だって、ジェラーデル侯爵に襲われた時に垣間見たソレとは、大きさも長さもまるで違っていた。あんなものが自分の慎ましい処女腔で受け入れられるとは、とても思えない。恐怖感で背中が震えたが、それと同時に、子宮の奥がずきずき痛みを伴《ともな》うほどソレが欲しいと脈打つ。

恐怖と欲望の狭間《はざま》で、フランセットは声を失った。

「大きいか？　だがこれが私だ。フランセット、君が欲しい。欲しくて堪らない。いいだろうか？」

オベールが少し掠れた余裕のない声を出す。

その声色があまりに切実で、フランセットは胸がきゅんきゅん甘く締め付けられた。あんな表情であんなふうに懇願されたら、拒めるはずがない。

でも恥ずかしくて、コクンと小さく頷《うなず》くのが精いっぱいだった。

「フランセット」

オベールはフランセットの腰の下に羽枕を押し込み、膝の後ろに両手をくぐらせ、両足をM字型に開かせた。恥ずかしい箇所がぱっくりと開いた。

あまりにもはしたない格好にされ、フランセットは目の前がクラクラする。

オベールの大きな身体がゆっくりと覆《おお》い被《かぶ》さってきた。

彼の腰がフランセットの両足の間に押し込まれた。

「あっ」

熱い塊が、綻んで蜜をたたえた陰唇に押し付けられ、ぬるぬると擦る。

「ん、ん、んぅ……」

オベールの欲望の張り出した先端が秘裂を行き来する感触が心地よく、恐怖が少し薄れた。

彼の亀頭がフランセットの愛蜜まみれになると、秘裂を分け入るようにジリジリと侵入してきた。

「あ、あ、あ、あぁ」

狭隘《きょうあい》な入り口を押し広げられる感覚に、フランセットは目を見開いた。フランセットが身を強ばらせたので、オベールは腰の動きを止め、気遣わしげに聞く。

「怖いか？」

フランセットはおずおずと彼を見上げる。

白皙の額に珠《たま》のような汗を浮かべ、息を凝らして欲望を抑え込んでいるオベールの表情に、胸が揺さぶられる。

きっとフランセットが怖いと言って拒めば、オベールはこれ以上無理強いしないに違いない。男性の性欲のあり方はよくわからないが、それがとても辛いことだろうとは推測できた。

なんて優しいひとなのだろう。

同情からの結婚でもかまわない。このひとに捧げて、このひとの妻になりたい。

フランセットは心からそう思った。

オベールの瞳を見つめ、はっきりと言う。

「いいえ、怖くありません、どうか、このまま――」

「フランセット」

オベールは身を屈めてフランセットの頬に口づけると、そのままゆっくりと腰を沈めてきた。

「あ、あ、ああ、あ」

熱い肉塊が隘路に目いっぱい押し広げ、侵入してくる。

充分濡らしてほぐしてもらったおかげか、思ったより痛みはなかった。それでも、内壁をみっちり埋め尽くした灼熱の欲望が奥へ奥へと進んでくると、経験したことのないせつなさが押し寄せ、胸が苦しくなる。思わずオベールの肩に縋《すが》り付き、目をギュッと瞑る。

オベールが息を乱す。

「く――凄《すご》くきついな。押し出されてしまいそうだ。フランセット、もっと力を抜いてくれ」

「あ、ぁ、あ、どうしたら……？」

自分の身体なのに、どこをどうしたらいいかわからず、狼狽《うろた》えてしまう。緊張してますます腰に力が入り、さらにオベールの肉胴をぎゅうっと締めてしまう。

「はあ――これは保《も》たない。フランセット、口を開けて舌を――舌を出して」

「え？　あ、こ、こう？　ですか？」

よくわからないまま、言われた通りにああんと赤い舌を差し出すと、やにわに噛《か》み付くような口づけをされ、思い切り強く舌を吸い上げられた。

「んふぅっ？　ンンンーっ」

一瞬、意識が口づけに飛んだ。全身の力が緩む。

その直後、オベールが一気に腰を押し進めてきた。

「んん――――っ」

ぬくりと傘の開いた先端が狭い入り口をくぐり抜け、そのままどんどん奥へ挿入《はい》っていく。

破瓜《はか》した瞬間、激痛でフランセットは声にならない悲鳴を上げる。

まるで太い杭《くい》で串刺しにでもされたような気がした。

痛みはすぐに熱い痺れで薄れていき、胎内がみっちりオベールの欲望に埋め尽くされる膨満感にフランセットは目を見開いた。

だめ、これ以上挿入らない。壊れてしまう。

内臓まで押し上げられるような錯覚に混乱する。なのに、まだオベールの屹立《きつりつ》の先端は最奥を抉《こ》じ開《あ》けようとする。

「んふぅ、ふ、はぁ、ふぁああ」

奥の奥まで剛直が届き、二人はぴったり重なった。

オベールが動きを止め、唇を解放する。そしてフランセットの身体をきつく抱き締める。

「ああ、全部挿入ったよ、フランセット」

「あ、あぁ、あ」

太い肉茎に身の内を熱く灼き尽くされるような感覚に圧倒され、フランセットは指一本動かすことができない。

「これで君は、私だけのものだ」

耳元で甘く囁《ささや》かれると、腰がぶるっと震えて雄茎を無意識に締め付けてしまう。浅い呼吸をするたび、蜜口が収縮して、オベールの欲望の淫らな造形が生々しく感じ取る。

「なんて熱い——ぬるぬるして柔らかいのにきつく私を引き込んで離さない」

オベールが感銘を受けたような声を出す。

「素晴らしいよ、君の中」

「あ、ああ、オベール様……」

　オベールが自分に包まれて悦んでいると感じて、フランセットは涙が出るほど嬉しかった。胸苦しさは次第に薄れ、内壁がもどかしさとむず痒さに支配される。そこを擦って欲しいという淫らな欲求が生まれてきた。

「動くよ。苦痛なら、すぐに言うんだよ」

　オベールが試すように軽く亀頭の先端で最奥を突《つ》く。熱い衝撃に目の前に火花が散る。

「ひ、あぁん」

　猥りがましい悲鳴が口をついて出た。

　ぷちゅぷちゅとオベールは何度か先端だけでフランセットの身体の奥を開いた。その度に、重苦しい心地よさが生まれてきて、フランセットは彼の背中にしがみついて喘ぐ。

「あ、あ、ぁ、あ」

「ふ——噛みちぎられそうだ。いいね、いい反応だ。もっと動くぞ」

　オベールはおもむろに腰を引く。亀頭の括《くび》れぎりぎりまで引き抜いたかと思うと、再び最奥を突き上げた。ゆったりとした動きで、何度か挿入を繰り返されると、疼き上がった内壁がさらに熱く燃え上がる、太い血管の浮いた裏筋で媚肉を擦り上げらると、ぞくぞく腰が震えて快感を拾い上げてしまう。

「あっ、あ、あぁ、ああっ」

一度快楽に落とし込まれると、それがどんどん増幅して、フランセットははしたない嬌声《きょうせい》を上げて、オベールの背中に爪を食い込ませた。

「悦くなってきたね、フランセット、いいね、もっとだ」

フランセットの反応の変化を感じ取ったオベールは、次第に腰の動きを速めていく。

「ンァあ、あ、あ、や、激し……あ、あぁ、あ、やぁ」

擦られ、突き上げられるたびに愉悦が増幅してくる。

秘玉で達した時とは違う、内壁全体がどろどろと蕩けて心地よさで満たされていく感じだ。気持ちいいのに、怖い、自分が自分で無くなりそう。

「ああ悦いね、よすぎる、フランセット、君の中に包まれているなんて、夢のようだ」

オベールが酩酊《めいてい》したような声を出し、フランセットの足を抱え直すと、さらに激しく腰を打ち付けてきた。

「んぁあっ、あ、あ、や、そんなに……あ、あ、は、はぁ、は、はぁあ」

与えられる強烈な衝撃と愉悦に、頭の中が煮え立ちそうだ。もはや、恥ずかしい声を気にしている余裕はなかった。声を上げないと、身の内にどろどろの官能の熱が渦巻いて耐えきれない。

雄茎を穿《うが》つ律動がさらに速くなり、同時に突き上げてくる角度が微妙に変わっていく。

臍の裏側あたりを、膨れ上がった先端がごりっと抉った瞬間、激烈な快感に襲われて大きく身体が波打った。

「ああっ？　やあ、そこ、なに？　やぁ、だめ、オベール様、やぁあ」

「ここが悦いんだね、やだと言いながら、いやらしく締めてくる」

オベールは息を乱し、見つけたばかりのフランセットの性感帯を狙いすまして責め立ててきた。

「やめ、あ、だめ、あ、だめ、ああ、いやあぁん、許し……あ、ぁあ、あ、あ」

がつがつと感じやすい箇所を突き上げられ、内壁で捏《こ》ね回された愛液が抽挿のたびに掻《か》き出され、接合部分をはしたなく濡らした。

しとどに濡れた秘裂から熱く灼けた肉棹が引き摺《ず》り出されるたびに、ぐちゅぬちゅと卑猥な水音が部屋中に響き、恥ずかしさに耳を塞ぎたいほどだ。なのに、その羞恥心までが、劣情に輪をかけてくる。

「だ、め、どうしよう、あぁ、こんなの、あぁ、だめ、おかしく、あぁ、はぁあ」

眦《まなじり》から感じ入った涙が溢れ、制御の利かなくなった唇から、ひっきりなしにはしたない喘ぎ声が漏れ続ける。

「すごい、中が熱くうねって——君が感じれば感じるほど、いやらしく私を咥え込んで離さない——なんて素晴らしい、フランセット、ああ、ずっとこの日を夢見ていた——」

オベールは感嘆した声を漏らしながら、さらに腰を密着させ、太く膨張した肉棒の根元で、フランセットの陰唇の中心にある花芽を押し潰すように擦り立てた。

「あぁぁう、あ、そこ、あ、そこも、や……く、ふ、ふぁ、あぁ、あぁん」

陰核と熟れ襞を同時に刺激され、身体中が火照り、興奮を止める術を知らない。濡れ果てた柔襞は、歓喜してうねりオベールの若茎にむしゃぶりついてしまう。

長い金髪を振り乱し、初めて知る性的快楽に身悶えるフランセットの痴態を、オベールは熱を孕んだ眼差しで凝視して、さらに自分の興奮を煽《あお》ろうとするかのようだ。

「フランセット、フランセット、私を感じているんだね、気持ちいいんだね？」

「んぁあ、ぁ、オベール様、は？　気持ち、よいですか？　私のこと、感じて、いますか？」

自分ばかりが甘く感じ入ってしまっているようで、思わず聞き返してしまう。

すると、体内に包まれた雄の滾《たぎ》りがドクンと大きく脈打った。

「ああ勿論《もちろん》だ、君の中、最高に気持ちいい、とてもいい、いいよ、フランセット」

「う、嬉しい……」

自分と同じように彼も心地よくなってくれていると思うと、フランセットは望外な喜びに、身体がふわふわ浮き上がるような錯覚に陥る。

「あ、あぁ、あ、オベール様、わ、私、どこかに飛んでしまいそう、怖い、怖い、離さないで、お願い……」

「どこにも行かさないよ、フランセット、こうしてしっかり抱いていてあげる」

オベールは艶めいた声で答え、フランセットの細腰を両手で抱きしめ、さらに腰の律動を激しくしていく。

「んんぅ、あ、や、やぁ、そんなに激しく……壊れ、て、あ、ぁ、あ、やぁあ」

激烈に突き上げられたびに、頭の中に真っ白な媚悦の閃光《せんこう》が煌《きら》めき、爪先がビクビクと宙を足掻《あが》いた。

「あぁ、あ、あ、私、もう、変に……ために、お願い、も、もう、あ、もうだめ、あぁあ」

熱い喜悦の波が下腹部の奥から押し寄せてくる。

意識が根こそぎ攫われる予感に、熱く震える肉襞が小刻みに収斂し始める。

「く——イキそうなんだね、フランセット、もうイクんだね？」

オベールが狂おしい声を出し、がつがつと腰を打ち付けてきた。媚肉を穿つ激しい音が間断なく聞こえてくる。

「あ、あぁ、あ、も、あ、だめ、来る、あ、来ちゃう、もう、あぁ、あ、ああああぁっ」

「く——は、フランセット、私も終わる、出す、出すぞ、君の中に——っ」

絶頂の火花が頭の中で弾け、フランセットは全身をビクビクと引き絞るようにして極めた。

同時に、ぶるりと大きく脈動した肉棒が、フランセットの最奥に熱い欲望の飛沫《しぶき》を吹き上げた。

「あ、あぁ、あ、あ、ああ……」

「はあっ――フランセット」

オベールは、二度、三度と腰を強く打ちつけ、白濁液の最後の一雫《しずく》まで、フランセットのうねる膣襞の中に注ぎ込んだ。

「あ、ぁ、あぁ、あ、熱い……」

「ふ――う」

残滓《ざんし》までたっぷりと膣腔の奥に吐き出すと、オベールは満足げに深い息を吐く。

そのため息を聞きながら、フランセットはぐったりとシーツの上に身体を弛緩《しかん》させた。

直後、ゆっくりした動きでオベールが上に倒れ込んでくる。

「……はぁ、は、はぁ……は、ぁ……」

「はあ――ぁ」

すべてを出し尽くした二人は、汗ばんだ肉体を重ねたまま、浅い呼吸を繰り返す。ぴったりと合わさった胸から、オベールの少し早い鼓動を感じ、フランセットは何とも言えない幸福感に包まれる。

そのまま一瞬意識が落ちかけるが、オベールが啄《ついば》むような口づけをくれて、ふっと気がつく。

「ありがとう――とても悦かったよ」

彼の慈愛に満ちた青い瞳を見ると、フランセットは感激して涙が溢れてくる。

「私、初めてでした……」

「ああ、わかっている、わかっているとも。初めてを私にくれて、ありがとう、フランセット」

「オベール様……」

ジェラーデル侯爵に無理強いされた時には、恐ろしくていやらしくて、二度とあんな行為はできない、と思い詰めていた。

なのに、オベールに優しく身体を解され、初めての快楽を植え付けられ、ゆっくりと肉体を開かせてもらい、処女を捧げた。

そこには、熱い情熱と互いを思い遣る慈しみしかない。

男女の睦合いがこんなにも素晴らしいことだと教えてくれて、オベールに大切にされているという確信が、フランセットを心から安らかにさせた。

この人の妻として生きていこう。

胸の内に確かに芽生えているオベールへの愛情だけは、秘密にして。

義侠心から自分を救ってくれたオベールの負担にだけはなりたくない。

彼を支え尽くそう。

一生を懸けて、オベールに恩返ししなければならない。

フランセットは何度も自分に言い聞かせ、自分の髪に顔を埋めているオベールの頭をそっと撫でた。汗でしっとりした髪の毛の感触が心地よい。胸の中に苦しいくらいの愛おしさが込み上げてくる。

見上げると、ベッドヘッドの上に飾ってある枯れたリースが目に入る。

あれは薔薇の花かしら——快楽の余韻が残る頭の中で、フランセットはぼんやりと思った。どこかで見覚えがあるような気がする——でも。迫ってくる眠気にもうなにも考えられなくなり、意識が遠のいていった。

第四章　騎士団長の妻

いつの間にか深い眠りに落ちていた。

夢の中で、フランセットは少女時代の事を思い出していた。

国中を飾る白薔薇、両親の優しい笑顔、民たちの幸福そうな顔──「花祭り」の楽しい思い出が頭の中を走馬灯のように流れていく。

最後に白馬に跨った凛々しい少年が現れ、フランセットの目の前を横切っていった。

少女のフランセットは思わず手を振る。

だが少年は振り向かない。

（ねえ、私よ、お願い、こっちを見てちょうだい）

フランセットは呼びかけようとするが、なぜか声が出ない。

少年の乗った馬はどんどん遠ざかる。

（行かないで、待って、私を置いて行かないで）

フランセットは追いかけようとしたが、足が地面に張り付いたように動かない。

（待って、ひとりにしないで、行かないで！）
必死に胸の中で叫んだ——。

「おはようございます。奥方様、お目覚めですか？」

マリアのキビキビした明るい声がして、ベッドの天蓋幕がわずかに持ち上がった。

眩しい太陽の光が差し込み、フランセットは目を眇める。

隣に寝ていたはずのオベールの姿はなかった。

身を起こそうとして、全身が軋《きし》み、下腹部の重苦しい違和感に顔を顰《しか》めた。ハッと頭がはっきりして、昨夜の自分の痴態を思い出し、顔から火が出そうになる。

「起きています。今何時でしょう？　私随分と寝過ごしてしまったような——」

マリアがくるくると天蓋幕を巻き上げ、ふっくらした顔をのぞかせる。

「朝の十時でございますよ」

「えっ？　オベール様は何時頃に起床なされたの？」

「ご主人様は、毎日の鍛錬《たんれん》のため、いつも通り朝五時には身支度を済ませて、馬場へお出かけになりました」

「五時？　——いやだ、私ったら新婚一日目から寝坊するなんて……」

オベールを支え彼のために生きようと、あんなに固く決意したのに。いぎたなく眠りこけてる新妻に、オベールはどんなに呆《あき》れ返《かえ》ったことだろう――。しょんぼりうつむいてしまう。

マリアがにこやかに言う。

「ご主人様は奥方様を起こさないように、好きなだけ寝かせておくようにと、おっしゃいましたから、お気になさることはありませんよ。甘い新婚さんなのですもの、奥方様が眠いのはいたしかたないことですわ」

夜の営みのことを暗に言われて、恥ずかしさにフランセットはますます顔が上げられない。

マリアが気を利かせて、話題を変えた。

「さあ、お食事をなさいませ。それが済んだら、お召し替えをしましょう。その後は、お部屋でゆっくりなさいますか？」

フランセットは少し考えてから、答えた。

「もし、できれば、オベール様のお仕事ぶりや、お屋敷の周りや騎士団員さんたちの様子を拝見したいわ。お邪魔かしら？」

「とんでもございません。皆、奥方様にお会いしたくてうずうずしておりますよ。お顔をお出しになったら、さぞ喜ぶでしょう」

食堂で遅めの朝食を済ませて化粧室に赴くと、この屋敷の侍女たちに混じり、ラベル王国から伴ってきた侍女たちも待機してくれていた。ずっと異国人にばかり囲まれていたので、フランセットは心強い気持ちになる。

突然の婚姻で、この屋敷にはマルモンテル王国風のドレスが用意できていなかったので、持参したドレスで間に合わすことにした。

「お国のドレスも、清楚で素朴な感じでとてもお似合いですよ」

着付けながらマリアはそう言ってくれたが、城内の人々を見ていたフランセットには、自国のドレスはいかにも時代遅れで野暮《やぼ》ったいデザインだと感じてしまう。でも、オベールにこの国風のドレスを新調することを言い出すのは、憚《はばか》れる気がした。同情からの結婚なのだ。オベールに負担をかけたくない。慎ましく控えめにしていよう。

支度を調え、マリアに手を引かれて屋敷を出た。

外は雲ひとつない晴天であった。

昨日、この屋敷に来たのは夜だったので、辺りの状況がはっきり把握できなかった。

屋敷に並び立つようにある騎士団員たちの寄宿舎の周りは、大きく開けていて、中央に井戸があり何人もの女性たちが水を汲《く》んだり、野菜などを洗ったり、井戸の周りに盥《たらい》を置いて汚れものを足で踏んで洗濯したりしている。赤ん坊を背負った者もいる。皆賑やかにおしゃべりをしている。洗濯物干し場もあり、干された洗濯物がはためく中を、小さな子どもたちが歓声を上げながら鬼ごっこしている。まるで、小さな街のような風景だ。

「この宿舎には、騎士団員たちの家族も同居できるのです。大所帯でございますよ」

マリアが説明する。

「ご主人様の前の騎士団長の時代までは、寄宿舎には騎士団員しか住めず、家庭持ちは単身赴任を余儀なくされておりました。そこを、ご主人様は騎士団長に赴任なさるとすぐ、国王陛下に願い出て、家族共々暮らせるように、この敷地一帯を大改造なさってくださったのです。子どもたちを教育する学校も作っていただきました」

「そうだったのですね」

誠実で人徳者のオベールらしい行為だ。

騎士団員たちがオベールに心からの敬意を捧げているのは、彼らに出会った時から感じていた。

フランセットの姿に気がつくと、女たちは仕事の手をぴたりと止めた。そして、わらわらとフランセットの周りに集まってきた。周囲で遊んでいた子どもたちまで釣られるように走ってくる。集まった女性たちの中で、年配の一人が恭しく頭を下げ告げる。

「奥方様、この度はご結婚、誠におめでとうございます！」

すると、他の女たちも最敬礼し、祝福の言葉を口々に述べた。

「おめでとうございます！」

「おめでとうございます！」

フランセットは頬を染めて答える。

「ありがとう、皆さん。辺境国の田舎王女ですが、オベール様の支えになるよう、せいいっぱい努力します。まだ右も左もわからないので、どうかいろいろ教えてくださいね」

年配の女性が感心したように言う。

「まあ、なんて謙虚で楚々《そそ》とした奥方様なんでしょうね。あのお堅い女性を寄せ付けなかった騎士団長殿下も、やっと年貢の納め時が来たのですわね」

「こんなに美しく清楚な奥方様なら、いくら女嫌いの騎士団長殿でもメロメロですわよ」

「ほんとうに、ずっと独り身だったので、騎士団員たちも私たちも、やきもきしておりました。いい男の無駄遣いでしたもの。奥方様に大感謝ですわ」

女たちはどっと笑い声を上げ、賑やかにしゃべりだした。

活気ある彼女たちに囲まれて、フランセットもつい気安くたずねた。

「あの……オベール様は、あんなにご立派で素晴らしいお方なのに、どうして今まで独身を貫いてこられたのでしょう？　私のような者より、もっと素敵な女性がたくさんおられたでしょうに」

女たちはふいにおしゃべりを止め、顔を見合わせた。

「あらだって、騎士団長殿には昔から――」

一人の女がなにか言いたそうにしたが、マリアがじろりと睨むと口を閉ざした。

マリアが取り成すように言う。

「それは、奥方様に巡り合うためだったのですわ。奥方様、運命でございますよ」

女たちもその通りとばかりにうなずいた。

フランセットは、なにかスッキリしなかったがそれ以上は追求しなかった。

運命、とは思えない。己のことよりも他人の幸せを第一に考えるオベールだからこそ、離縁されたフランセットのことも見捨てて置けなかったのだろう。

でもこうして妻になったのだ、オベールの過去については詮索するまいと思った。

「あ、奥方様、王城前広場で、午後の閲兵式《えっぺいしき》が始まりますよ。騎士団長殿が総指揮を執られます。ぜひ、拝見なさいまし」

マリアに促され、フランセットはその場を後にした。

中庭から王城に入る。

行き交う兵士や使用人たちは、通りすがるフランセットに恭しく礼をするが、どこか好奇の眼差しがあった。

ジェラーデル侯爵と婚姻したその日のうちに処女でないからと離縁され、騎士団長であるオベールに拾われるように再婚したフランセットのことは、もう城中の噂になっているのだろう。

と、回廊の向こうから、大勢の侍女を引き連れた煌びやかな貴婦人が現れた。

真っ赤な赤毛を高々と結い上げ、そこにダチョウの羽をふんだんに使った派手な日よけ帽子を被り、昼間だというのに袖なしで胸の膨らみを強調したドレスには、一面宝石が縫いこまれていかにも高価そうである。

「あ……」

フランセットは思わず小さく声を上げてしまう。

初めてジェラーデル侯爵に会った時に、彼と全裸でベッドの中にいた女性ではないか。立ち尽くしていると、マリアが素早く耳打ちする。

「奥方様、ポンパドール伯爵夫人でございます。あの方は社交界で絶大な権力をお持ちですので、丁重にご挨拶なさいませ」

ポンパドール伯爵夫人は回廊の中央をしずしず進んでくる。

フランセットはマリアと回廊の端に寄り、頭を下げた。

ポンパドール伯爵夫人はフランセットの前でピタリと立ち止まる。濃厚な香水の匂いをぷんぷん撒《ま》き散らしている。ポンパドール伯爵夫人は、居丈高な口調で言う。

「あらまあ、あなた様はどこぞの辺境国の王女様ではないですか？」

「フランセット・シュバリエでございます。ポンパドール伯爵夫人におかれましてはご機嫌麗しく——」

「嫁いだその日に、ジェラーデル宰相様に離縁されたお姫様ね。親切なシュバリエ公爵に拾っていただいたようね。シュバリエ公爵は捨て犬や捨て猫にもお優しい方と聞くから、幸運でしたわね」

ポンパドール伯爵夫人は、手にした扇をぱたぱたさせてオホホと甲高く笑った。

フランセットは嫌味《いやみ》たっぷりな言葉に屈辱で腹の底がかっと熱くなったが、マリアの助言の手前、無言で頭を下げ続けた。

「あらいけない、宰相様がお待ちだわ――ではごきげんよう」

ポンパドール伯爵夫人は、言うだけ言うと、侍女たちを引き連れてさっさとその場を去っていった。一行が角を曲がって見えなくなると、マリアが憤慨して声を荒げる。

「ほんとうに、鼻持ちならないお方だわ。本来なら、公爵夫人である奥方様のほうがご身分が高いのに、王弟殿下の権力を笠に着て、あの高慢な態度ときたら――」

フランセットは小声でたずねる。

「伯爵夫人ということは、旦那様がいらっしゃるのですね？」

「もちろんですよ。でもポンパドール伯爵様は病弱なお方でずっと寝たきりでいらして、夫人の行動を見過ごしておられるのです。それをいいことに、堂々と宮廷で王弟殿下と不倫関係を続けられているのですよ」

フランセットは、ベッドでジェラーデル侯爵と全裸で抱き合っていたポンパドール伯爵夫人の姿を思い出し、ぶるっと背中が慄いた。

「……なんて不謹慎な」

思わず口にすると、マリアが声をひそめた。

「その通りですが、奥方様、公では口になさらぬように。今のポンパドール伯爵夫人に睨まれたら社交界では生きていけません。ご主人様のお立場を悪くなさらぬようどうぞ、お心におとどめください」

「――わかりました」

納得できるわけではなかったが、オベールのためなら自重しようと思った。

マリアが場の空気を変えようとしてか、声を明るくした。

「ほら、もう広場が見えましたよ。ああもう騎士団員たちが勢ぞろいしていますわ」

顔を上げると、回廊の円柱の間から、整列している騎馬隊の姿が見えた。

「こちらへ。観覧席がございます。一番見晴らしのよいお席へどうぞ」

フランセットはマリアに手を引かれ、広場を円形状に囲んでいる観覧席の通路を上り、正面向きの中央の席に腰を下ろした。マリアが日傘を開き、差しかけてくれる。

「騎士団長殿が一番前で指揮をなさってますよ」

マリアの指差す方を見ると、白馬に跨った軍服姿のオベールが目に飛び込んでくる。

深い青色の軍服に腰に紅色のサッシュをきりりと巻き、片手にサーベルを抜いて掲げている。背筋がピンと伸びて、ひときわ格好良く颯爽としていた。

「縦隊半ば、右へ進め！」

広場の隅々まで響き渡る凛としたオベールの号令に、騎馬隊は一糸の乱れもなく動く。馬の左右の足の上げ下げまで、ぴったりと揃っているのに、フランセットは驚く。

「左向け、前へ！」

「分隊、止まれ！」

オベールはきびきびと指揮を下す。騎馬隊の規律ある動きに、フランセットは目を奪われた。

「素晴らしいわ――なんて訓練が行き届いているのかしら」

気付けば夢中で騎馬行進に見入っていた。

と、ちらりとオベールが観覧席のこちらの方を見やった。

彼はサーベルを頭の上に掲げ、新たな指揮を出す。

「中央から分裂、左右に分け！」

騎馬隊が二分裂し、広場の左右に分かれて進む。

「回れ！」

いっせいに馬首が返される。

「交差！」

左右同時に騎馬隊が向かい合わせに歩き出す。

そして、わずかな間を残し、綺麗に交差していく。

「わあ……すごい！」

流れるように美しい行進に、フランセットは歓声を上げた。

「馬は大変神経質で怖がりな生き物と聞いております。あのようにすれすれで交差させるには、相当の訓練が必要だということです」

マリアが側から説明してくれた。

交差し終わった騎馬隊にオベールが号令をかける。

「全隊、正面向け！」

全騎馬が、フランセットの方へ向いた。

最後にオベールが自分の馬を駆り、一番前で観覧席に向く。

そして、顔の中央にサーベルを掲げた。

「抜刀、敬礼！」

騎士団員たちがすらりと腰のサーベルを抜き、オベールと同じ動作をする。

オベールはフランセットのために、美しい敬礼を見せてくれたのだ。

フランセットは感動に胸が熱くなる。

思わず立ち上がり、夢中になって拍手を送った。

「素晴らしいです、素晴らしいわ！」

オベールがにっこりした。

それから彼は、サーベルを腰の鞘《さや》に収め、片手を挙げて合図した。

「総員、引け！」

騎馬隊は、広場の左右の出口から整然と退場していった。最後尾についたオベールは、出口で振り返り、フランセットに手を振った。

フランセットも夢中になってぶんぶんと手を振り返す。

こんなに格好良く立派な人物が自分の夫だと思うと、誇らしくて涙が出そうだ。

「ああ、素晴らしかったです。ご主人様は奥方様にだけ、特別な行進を披露してくださったのですね。とても愛されて、お幸せですわ」

マリアが我がことのように興奮した口調で言う。

フランセットはふっと我に返る。

愛されている——わけはない。優しいオベールは、不名誉な立場にいるフランセットを思いやって、新妻を大事にしていることを周知させたかったのだろう。

それでも、心が躍る。胸がきゅんきゅんして、密かな想いがさらに深くなってしまう。溢れそうな恋心を持て余しそうだ。

充分幸せなはずなのに、せつない。

「それに比べて、うちの亭主ときたら、集団行動なのに、最後に半歩遅れてましたわ。もう、恥ずかしいったら。今夜帰宅したら、お説教しますわ。でも、俺が悪いんじゃない馬が悪いんだ、とか言いそうですけど」

マリアがぶつぶつ言うのが、微笑ましくとても羨ましい。

きっと夫婦で心から信頼しあっているから、忌憚《きたん》のないことが言えるのだ。

いつか、オベールとそんなふうになれるだろうか。

――いや、そんなことを願ってはいけない。オベールが律儀で誠実なだけに、それ以上の気持ちを求めるのはあまりにもわがままだ。誠実と献身をもって、オベールに尽くすのだ。

フランセットは自分を強く戒める。


フランセットがオベールと結婚して、ひと月ほどが経《た》った。

その間、フランセットは早く新生活に慣れようと懸命だった。

寝坊したのは新婚の初日の朝だけで、後は朝五時に起きて鍛錬に出かけるオベールのために、どんなに眠くても夜明け前に起きて、彼の支度の準備をした。オベールは気にせず好きなだけ寝ていていいと言ってくれるが、騎士団長の妻としてだらしない生活はしたくない。

慣れない軍服の着せ方やサッシュの結び方、サーベルの扱い方もマリアに教わり、必死で覚えた。

オベールを送り出すと、午前中は家庭教師を頼み、マナーやダンスを教わり、この国の歴史を学び、声楽や絵画の勉強、言葉の訛《なま》りをなおす訓練も受けた。

昼餐《ちゅうさん》を済ますと、午後は屋外に出て、マリアを始め騎士団員の妻や子どもたちと交流した。

一刻も早く、この国の人間として生きていくにふさわしくならねば、と思った。

学ぶべきこと、しなくてはいけないことは、たくさんあった。

毎日めいっぱいで張り詰めた様子のフランセットに、オベールは気遣わしげに言葉をかける。

「そんなに急がなくてもいいんだよ、フランセット。先は長いんだ、ゆっくり馴染《なじ》んでいけばいいんだから」

優しい言葉をかけられればかけられるほど、フランセットの心は追い詰められていく。オベールにふさわしい妻にならねば、と思い詰めてしまうのだ。


「来週末、王宮の貴婦人たちの集まるお茶会に、君が招待されたのだが、出席するかい」

ある日、晩餐《ばんさん》の席で、そうオベールに切り出された。

フランセットはハッとして皿から顔を上げる。

「それは、王宮の社交界へ、私がデビューするということですか？」

オベールが柔らかい笑みを浮かべた。

「そういうことだ。君も王家の一員になったから、徐々に王宮の社交の席へ連れていくつもりでいたのだが。まずは、お茶会あたりから顔を出しておくといいかもしれないね」

フランセットは内心武者震いが走るが、顔を伏せて唇だけで笑みを浮かべて答える。

「嬉しいわ、前から王宮の社交界へデビューしたくて待ち焦がれていたのです。もちろん出席させてください」

すると、オベールの長い手が向かいの席から伸ばされ、フランセットの細い顎をそっと持ち上げた。

「ぁ」

視線が絡む。

オベールの青い瞳がまっすぐ見つめてくる。

「無理はしなくていいのだよ。私にはほんとうの気持ちを言ってくれ」

心の奥底を見透かしそうな深い眼差しに、フランセットは狼狽えて心臓がドキドキする。ほんとうは、異国の社交界へ出ていくのは、不安で仕方ない。でもそれを口にして、オベールに心配をかけたくない。

だから白い歯を見せて笑う。

「無理だなんて。都会の社交界って、どんなに華やかだろうと、ずっと憧れていたんです」

オベールは手をそっと引く。

「そうか。君が楽しいなら、それでいいのだけれど」

フランセットは顔に笑みを貼り付けたままでいた。

だが、すっかり食欲は失《う》せてしまっていた。

「あの——お茶の時間にたくさんお菓子を摘んでしまったので、お腹がもういっぱいなんです。デザートは遠慮させてください」

小声で言うと、ナプキンを外して席を立とうとした。

「それなら、私もデザートはいい」

オベールは給仕に手で合図して、食堂から下がらせた。

おもむろに立ち上がった彼は、テーブルを回ってフランセットの後ろまでくると、腕を前に回し椅子の背もたれごと抱きしめてきた。

「フランセット」

「あ……」

首筋にひんやりした彼の高い鼻梁を感じ、ぴくりと肩が竦んだ。

「いたいけな、フランセット」

オベールはフランセットの首筋、そっと唇を押し付ける。艶《なまめ》かしい感触に、思わず身を捩《よじ》ってしまう。オベールは意に介さず、そのまま首筋を辿ってフランセットの感じやすい耳朶の裏側に唇を寄せる。甘い悪寒が走り、ぶるっと腰が浮く。

「ん、ぁ……だめ」

「なぜ?」

オベールの片手がフランセットの襟ぐりから潜り込み、直に乳房に触れてくる。しなやかな指先がまだ柔らかい先端に触れ、こすこすと撫でた。ひりっと灼け付くような痺れが走り、みるみるそこがいやらしく尖ってくる
「あっ、ぁ、あ」

「君の小さな蕾はいつもは慎ましいのに、こうするとすぐに硬く勃ち上がってしまうね。君そのものだ。普段は楚々として初々しいくらいなのに、私に抱かれると熱く潤んで淫らな肉体に変貌する。そこがぞくぞくする、たまらないよ」

オベールは耳孔にいやらしく熱い吐息を吹き込みながら、乳首の周りを円を描くように捏ね回す。擽ったく甘い疼きに、フランセットの下腹部がじわりと淫らに蕩けてくる。

「だめ、です、こんなところで……使用人たちが……」

「私は気にしないよ、それに、皆下がらせたしね」

オベールはフランセットの耳朶を甘噛みしながら、片手で交互に乳首をいたぶる。

ちりちりと猥りがましい刺激が臍の奥を疼かせ、媚肉がざわめいてくる。

「ん、ぁ、あ、ぁ……ぁあ」

フランセットはもじもじと身悶える。椅子の背もたれに縫い止められた形になり、逃げ場がない。せつない官能の飢えが込み上げてきて、はしたない欲望に呑み込まれそうになる。

「お願い……もう、やめてください……指でいじらないで、触っちゃいやぁ……」

切れ切れな声で訴えると、オベールがふっと手を引いた。

「そうか、では指では触らないよ。約束する」

フランセットはホッとする。

だが次の瞬間、オベールは椅子ごとフランセットを自分の方へ向かせた。そして前かがみになると、やにわにスカートを腰の上まで捲り上げ、下穿《したば》きを引き下ろしてしまう。長靴下も室内ばきも抜き取られ、素足にされた。

「きゃあっ」

普段穏やかなオベールらしからぬ乱暴な振る舞いに、フランセットは戸惑う。

オベールは椅子の前にしゃがみ込み、フランセットの片足を持ち上げた。

「その代わり、舐めてあげよう」

「え、あっ」

素足の爪先に口づけされて、擽ったくてフランセットはびくりとして足を引こうとした。だが、オベールは断固として足を離さない。

「デザートよりも、君を味わいたい」

そうつぶやくと、やにわに足指を口に含まれた。

「あ、あっ、だめっ」

ぬるぬると濡れた舌先が足指の間を舐め回し、足の甲から足裏まで丁重に舌が這い回る。

「や、め、汚いです、あ、やだ、擽ったい、です、あ、ぁ」

擽ったい刺激に、なぜか媚肉がひくひく戦慄《わなな》く。

「汚くないよ、君の身体はそこもかしこも甘く美味だ」

カリッと足の親指を噛まれ、軽い痛みに腰がびくんと浮く。

「つ、や、あ、ぁん」

どういう身体の仕組みだろう。擽ったさも痛みも、すべて淫らで甘い刺激となって、フランセットの劣情を煽ってくるのだ。踵まで舌が這い回り、疼きをやり過ごそうとしてか爪先がきゅうぅっと丸まった。オベールの舌は、ふくらはぎから膝裏へと、徐々に上がってくる。

焦らすようにねっとりと確実に、彼の舌が内腿の狭間を目指して這《は》い上《あ》がる。

「ぁ、あ、ぁ、ん、んんぅ……」

彼の意図を感じ取り、恥ずかしいのに、甘い期待に秘裂がぴくぴく震えるのがわかった。媚肉の奥から、とろりと愛蜜が吹き出してくる。

「も、もう、もう、だめ……っ」

オベールの顔が股間に迫ってきた時、フランセットは必死で手を伸ばし、彼の頭を押しやろうとした。

「言ったろう？　指ではしないよ、舐めるだけだ。約束したろう？」

顔を上げたオベールは薄く笑う。

「そ、そんなの、言葉のあやで……」

「君は快楽に堕《お》ちないと、正直になってくれないからね」

オベールが少し意地悪く言う。

どういう意味だろう。戸惑っているうちに、オベールはフランセットの両足を椅子の肘掛に乗せ上げ、両足を大きく開かせてしまった。

「きゃあっ」

秘裂が丸見えにされ、あまりにはしたない格好に目の前がクラクラする。

「や、こ、こんな、やめ……」

「赤い花園がひくひくして、もうしっとり濡れているね。なんていやらしい眺めだろう」

オベールの言葉に、羞恥に全身がかあっと熱くなる。

「やめて、言わないで……ぁ、あ、あぁ……」

恥ずかしくて仕方ないのに、オベールの視線を秘所に感じるだけで、つーんと子宮の奥が甘く痺れ、軽く達しそうになった。思わず唇をきゅっと噛み締めて耐えた。

その様子に、オベールがからかうようにたずねる。

「もうイキそうかい？」

フランセットは顔を赤らめ、イヤイヤと首を横に振った。

「嘘が下手だね。君はほんとうに素直で、感じやすい可愛い身体をしている。ほら、見ているだけでまた蜜が溢れてきた」

「うぅ……お願い、もう許して……こんなの……」

「だめだめ、舐めるだけの約束だ」

オベールの顔が内腿に寄せられ、ひそやかな息遣いが恥毛をそよがせた。その刺激だけで、もう媚肉は耐え難いほどざわめいてしまう。

「甘酸っぱい匂いがぷんぷんしている。いやらしい小さな蕾が膨らんで、花びらもひくひくしているね。見られて感じてしまっているんだね。そら、また蜜が溢れて――」

「あ、あぁ、やめて、もう……」

フランセットは息を潜めて、声を震わせる。

口では拒絶しているが、媚肉は痛いほど飢えて、きゅんきゅん締まる隘路の奥から、とろとろと新たな蜜が吹き出すのが自分でもわかった。

「可愛いね、いたぶる言葉だけで感じてしまうんだね?」

言いながら、オベールの顔が股間に埋められる。

ぬるっと肉厚の舌が、綻び切った陰唇を舐め上げた。

「ひあぁっ」

熱い喜悦がびりっと背筋を走り抜け、フランセットは白い喉を仰け反らせて甲高い悲鳴を嬌声を上げてしまう。

オベールは二度三度、花びらを上下に舐めると、おもむろに蜜口にちゅうっと吸い付いてきた。

「ああっ、あ、だめぇ、あ、そんなこと……ぁあっ」

潤ったそこをじゅるじゅるとはしたない音を立てて吸い上げられると、羞恥と快感が同時に襲ってきて、どうしようもなく感じてしまう。

「美味だ。どんな甘露より美味《うま》い。君の命の泉だ。とめどなく溢れてくる」

オベールは両手で陰唇をさらに押し広げ、蜜壺の奥まで舌を差し入れる。

「んあう、あ、舌……そんなとこ、あ、あぁ、あぁあ」

蠕動する膣襞が、刺激に歓喜してオベールの舌を奥へ引き込もうとする。

まだ触れられてもいないのに、ぱんぱんに膨れ上がった陰核はじんじん痛いほど疼き、フランセットの官能を追い詰める。腰が焦れたようにもじつき、秘玉をいじって欲しそうに突き出してしまう。

「ふふ、ここも舐めて欲しいんだね」

オベールが舌先で充血した花芽を軽く突いた。それだけで、びりびりと激烈な快感が子宮の奥を直撃し、フランセットは瞬時に達してしまう。

「あああっ、あ、あああっ」

腰がビクビク慄き、じゅくっと粘っこい淫蜜が吹《ふ》き零《こぼ》れる。

「赤くて小さな蕾を、こんなにいやらしく膨らませて、ほんとうに君の身体は素直で可愛い」

オベールが窄《すぼ》めた唇で秘玉を咥え込み、熱い舌先でぬめぬめと転がす。

「んんぅ、く、はぁ、あ、は、や、はぁあっ……」

強い快美感に全身が支配され、フランセットは押しのけようとしていた両手で、オベールのさらさらした黒髪を感極まって掻き回した。

「これも悦いかい？」

オベールは花芯をちゅっちゅっと繰り返し吸い上げた。

「んんぅ、あ、だめぇ、あ、あ、ひあ、あ、また、あぁ、また、イっちゃう、イっちゃうぅぅ……っ」

鋭く短い絶頂が繰り返し襲ってきて、フランセットはあられもなくすすり泣き、内腿をぶるぶる震わせた。

そのうち、媚肉のもっと奥が、灼けつくように飢えてくる。

こんなに感じているのに、まだ足りない。

濡れ襞をめいっぱい満たし、擦り上げ、奥を穿って欲しいと希求する。

後から後から溢《あふ》れ出《で》た淫蜜で、股間はまるで粗相でもしたようにぐっしょりと濡れ果てている。

フランセットはオベールの頭を両手で抱え、息も絶え絶えで言う。

「お願い、オベール様……もう、もう、だめ……もう……お願い……」

オベールは顔を上げる。

白皙の頬がわずかに赤く染まり、口元がフランセットの蜜でべとべとに濡れ光り、ぞくっとするほど妖艶な表情だ。それだけでなく、どこかに加虐の色も浮かんでいた。

「もっと気持ちよくして欲しい？　中でイキたいのかい？」

フランセットは顔を紅潮させ目を瞑り、こくこくとうなずく。

オベールが意地悪く言う。

「どうして欲しいか、ちゃんと言ってごらん」

「そんな……うぅ……」

「言わないのなら、ずっとこのままほったらかしにしようか」

オベールが身を起こすそぶりをした。

「あっ、いやっ」

思わずフランセットはオベールの上着の襟を掴んで、引き戻そうとしてしまう。

動きを止めたオベールが目を眇める。

「では、言うんだ。正直に。フランセット、自分に正直になるんだ」

「あ、あぁ……ぁ」

フランセットは全身を戦慄かせた。

もう耐えきれない。

はあっと深いため息を吐き、震える声で言う。

「イかせてください……オベール様の太いモノをください、奥にいっぱい、いっぱい、突いて、ぐちゃぐちゃにして……」

言いながら、求めるように腰を前に突き出す。

「いいね、なんていやらしいんだろう。君のこんな姿を知るのは、世界で私一人だ。ぞくぞくする」

オベールが立ち上がり、トラウザーズの前立てを素早く緩める。

赤黒くそそり勃つ欲望が、勢いよく飛び出してきた。

「あぁ……」

膨れた先端の割れ目から透明な先走りを吹き零《こぼ》している、雄々しく淫らな造形を目にした途端、フランセットの熟れ襞の奥がきゅうんと甘く痺れた。

「おいで」

オベールはフランセットの細腰を抱きかかえ、軽々と椅子から下ろし、テーブルに向かって両手を付く格好にさせた。

「あ、ぁ、あぁ……」

背後からは、飢えてひくつく花弁だけでなく、呼吸に合わせて収斂する小さな後ろの窄まりまで丸見えだろう。

恥ずかしい部分が余すところなく、オベールに晒される。

「き、来てください……」

耐えきれず、自ら誘ってしまう。

「フランセット」

白くまろやかな尻肉を、オベールにむんずと両手で掴まれた。

直後、灼けた巨大な屹立が、どぷりと卑猥な音を立てて一気に挿入されてきた。飢えきった隘路が歓喜で震えた。

最奥を力任せに突き上げられ、官能の衝撃に目の前が真っ白に染まった。

「ああああああー、あああああっ」

瞬時に苛烈な絶頂に飛んでしまう。

「私だけのフランセット」

オベールは低くつぶやき、ゆっくりと腰を引くと、膨れ上がった亀頭で最奥をひと突きした。

「ひっ、んぅんっ」

再び達してしまい、フランセットは目を見開いて背中を弓なりに仰け反らせた。

深く挿入したまま、オベールは枷《かせ》が外れたようにがつがつと腰を打ち付けてくる。

「や、あ、あ、激し……ぁあ、あぁあっ」

熱く脈打ったオベールの剛直が力強く行き来するたびに、感じ入った熟れ襞が引《ひ》き攣《つ》ったようにおののく。

「く――フランセット、先端が食い千切られそうだ」

オベールが息を荒くし、獣のように唸《うな》る。

ばつんばつんと粘膜の打ち当たる淫らな音とフランセットのくぐもった嬌声が、食堂中に響き渡る。

あまりに激しい抽挿に、両手は身体を支えきれなくなり、フランセットはテーブルの上に上半身をうつ伏せてしまう。

上体を折り曲げたオベールは、フランセットの上にのしかかるようにして、縦横無尽に腰を突き動かしてきた。甘い衝撃の連続に、瞼の裏がまっ白に染まる。

「あっ、あ、や、あ、だめ、そんなにしちゃ、壊れちゃ……っ、ぁ、ひ、ぁ、ああ、ぁ」

もはやまともな言葉を紡ぐ余裕もなかった。

絶え間ない振動に、重厚なテーブルががたがた揺れた。

「あ、ぁあ、やめ……もう、やめ……あ、やぁっ」

テーブルに押し付けられた顔を小刻みに振って懇願する。

「またそんな嘘を言う――君のココ、こんなにびしょびしょにして、こんなに締め付けて――正直になるんだ、気持ちいいって、もっとして欲しいって、言うんだ」

オベールが苦しげな呼吸をしながら、言葉攻めをしてくる。酷薄なセリフにすら甘く感じ入って、めまいがしそうだ。

「言うんだ、コレが好きだって」

「や……やぁ、や……ぁ」

理性の最後の一欠片で、必死に抗《あらが》おうとする。

すると、業を煮やしたのか、オベールは片手を結合部の前に回し、激しい交わりで逆立った和毛《にこげ》を掻《か》き分け、真っ赤に膨れ切った陰核を指先でぬるぬると転がしてきた。

「ひうっ、だめぇ、あ、それ、だめぇだめぇぇえっ」

鋭敏な秘玉と内壁とを同時に攻められると、鋭い喜悦と重苦しい愉悦がせめぎ合い、フランセットは完全にだめになってしまう。喉が開いて、はしたない喘ぎ声が止められなくなる。

「あ、ひ、ひぁ、ひ、ひう、は、はぁ、はぁぁっ」

「ああ入り口が開いて、奥がぎゅうぎゅう締めてくる。もう止まらないね、フランセット」

オベールは勝ち誇ったようにつぶやき、ずぐずぐと乱暴に最奥を突き上げながら、敏感な蕾を指でそっと押さえそこを細やかに揺さぶってきた。

腰骨が溶けてしまうかと思うほどの愉悦に、フランセットは赤い唇を半開きにしたまま、ひいひいと喘いだ。

「だめぇ、あ、だめ、あ、も、も、あ、もう――」

全身が硬直し、壮絶なほどの絶頂感が襲ってくる。

オベールはさらに追い立てるように腰の抽挿を速め、指の動きを強める。

「またイくのか？　言いなさい、好きだって、コレが好きだって」

「あ、あ、あ、だめ……あ、だめ、あ、あぁぁ、あ、ぁ」

頭を振り立てた勢いで、髪が解けてぱさぱさと揺れる。

四肢がぴーんと突っ張った。

嵐の海のような快楽の大波が、全身の隅々まで行き渡っていく。

「好き、あぁ、好き、ぁああ、コレ、好き、好き、好きぃ……あ、あぁ――――っ」

びくびくと腰をのたうたせ、オベールの言い成りに泣き叫ぶ。

絶頂を極めたのに、オベールはまだ解放してくれない。

深々と貫いたまま、容赦なく腰を揺さぶり続ける。

絶頂が次々上書きされ、ついにはイったたままの状態に追い上げられた。

「やめ……もう、やめ……あ――――……!」

淫らに喘ぎ過ぎて、喉が涸れてもはや声も出せない。

ひゅうひゅうと忙《せわ》しない呼吸を繰り返し、ひたすら与えられる快楽に酔いしれた。

「悦いか?」

と聞かれれば、

「悦い」

と答え、

「好きか?」

と問われれば、

「好き」

と、応じる。

もはやオベールの言い成りに言葉を紡ぎ、恥じらいはどこかに消え失《き》せ《う》、自らねだるように腰を突き出し、貪欲にさらなる快感を得ようとする。髪の毛の一本一本から足の爪の先まで、淫らな愉悦を貪るだけの器官に成り代わる。

数えきれないほどイかされ、最後には息も絶え絶えで彼の揺さぶるままに身を任せていた。

最後にオベールが低く呻《うめ》き、欲望のすべてをフランセットの胎内へ吐き出した時には、半ば意識を失っていた。

それなのに、燃え滾る蜜壺だけは、きゅうきゅうとオベールの肉茎を締め付けあさましく快楽の残滓を拾い上げようとする。

「ああフランセット――」

動きを止めたオベールが、まだ深く繋《つな》がったままぐったりと背中に覆《おお》いかぶさってきた。

彼の手が解けてテーブルの上に広がったフランセットの髪を、愛おしげに掻《か》き寄《よ》せる。

「――好きだ、フランセット」

ぼんやり薄らいだ頭の奥で、熱い息と共に吐き出されたささやき声を聞いた気がした。

その意味を深く考えることもできず、フランセットは力尽きて何もかも、わからなくなった。

数日後。

フランセットは朝早くから入浴し、マリアに丹念に全身を洗い上げてもらい、髪の毛を丁寧に梳《くしけず》られ、爪を手入れし、全身を磨いてもらった。そして、オベールが準備してくれた最新流行のドレスに着替え、王宮の淑女の集まるお茶会へ出かけていった。

不安と期待に胸を高鳴らせて。


一方その頃。

オベールは王宮の執務室で、賓客と会談している国王陛下の代理として、各地からの陳情書に目を通していた。

オベールは何枚もの陳情書を見比べながら、顎に片手を当てて考え込んだ。

最近、地方からの減税を望む陳情が増えている。おかしい気がした。

税率はここ数年、上げていない。地方に負担になるほどの課税はしてないはずだ。

これは少し調べた方がいいか。

と、やにわに扉が開いて、キンキラの派手なマントを羽織ったジェラーデル侯爵がずかずかと入ってきた。

「兄上、狩猟用の新しい銃が欲しいのだが――」

言いかけて、ジェラーデル侯爵は執務机についているのがオベールだと気がついたようだ。

「なんだ、馬乗りの甥《おい》っ子《こ》か。兄上はどこだ？」

ノックも挨拶もしないジェラーデル侯爵の態度に、オベールは考え事を中断されて眉を顰める。しかし、名ばかりの名誉職とはいえ、一応彼は王弟で宰相だ。

「陛下は大事な賓客と会談中です。叔父上、ちょっとこれらの陳情書のことでご相談が――」

オベールが書類を差し出そうとすると、ジェラーデル侯爵は鬱陶しそうに手を振った。

「そういう地方の細かい訴えごとは、お前の方が処理は得意だろう、任せる。それより、新品のフリントロックの猟銃を十丁ほど欲しい」

書類を見ようともしない態度に、オベールは内心腹立たしい。少し語気を強めた。

「叔父上は確か、去年も猟銃を何丁も新調しましたね。すぐに壊れると文句を言っておられましたが、使い方がよろしくないのではないですか？」

ジェラーデル侯爵は、酒焼けで弛《たる》んだ頬をカッと赤く染めた。

「若造のくせに、私に意見するのか？」

「ですが、銃の扱いなら、失礼ですが私の方が慣れております。一度、叔父上の銃の使い方を拝見させていただきたい」

ジェラーデル侯爵はあからさまに不愉快そうな顔になった。

「お前の指導などいらぬわ」

「ですが、無駄に銃を新調されても、経費がかさむばかりです。我々王家の財政は、国民の血税から出ていることを、お忘れなく」

論理的なオベールに言い負かされると思ったのか、ふいにジェラーデル侯爵は肩を聳《そび》やかす。

「それより、どうだ？　あの田舎の王女の味は？　私のお下がりでも、女慣れしていないお前には、ありがたかったろう。意外にああいう初心そうな娘が、淫乱なんだ。儂《わし》が女の扱い方を教えてやろうか？」

オベールは白皙の顔に血が上るのを感じた。

大事なフランセットのことを悪し様《あざま》に言われ、腹の底から怒りと嫌悪感が込み上げる。

思わず椅子をガタンと蹴立てて、立ち上がる。

形相を変えたオベールに、ジェラーデル侯爵はぎょっとしたように口を閉ざす。

オベールは殴りかかりたい気持ちを、必死で抑え、鋭く睨むだけで怒りを抑えた。

それでも、鍛え上げられた長身のオベールから立ち上る殺気に、軟弱なジェラーデル侯爵は震え上がったようだ。彼はオベールの機嫌を取るように、薄ら笑いを浮かべた。

「は、はは、冗談だよ、甥っ子殿。ま、まあ、銃の話は、また今度にするとしよう。では、儂は狩場に出るので、これで失礼する」

ジェラーデル侯爵は、大仰なマントを翻し、そそくさと執務室を出ていった。

扉が閉まるまで、オベールは立ち尽くしていた。

一人になると、深く息を吐く。

可哀想《かわいそう》なフランセット——。

形だけでも、あのような品位のない男と結婚させられ、どんなに傷ついたろう。

フランセットを優しく包み込み、心を癒《いや》してやり、ゆっくりといつか彼女の気持ちを自分に向かせよう——そう決意していたのに。

フランセットが痛々しいほどオベールに気を遣っているのが、心苦しい。

理不尽に離縁されて、行きどころのなくなったところを、オベールが救ってくれたと彼女は感謝しているのだろう。だから、誠実にオベールの妻として仕えようと一生懸命なのだ。祖国を救うための使命感もあるに違いない。

そのためだろう、いつまでたってもよそよそしさが抜けない。

昨夜、彼女があまりにも作り笑顔ばかりするので、オベールはつい激情に駆られてしまった。

肉体の快楽に溺れさせ、強引に「好き」という言葉を引き出した。

酩酊した上での「好き」だとしても、オベールの気持ちはいっときだけ満たされた。

だが、今のオベールは内心忸怩《じくじ》たるものがあった。

そんな譫言《うわごと》のような言葉を紡ぎ出しても、虚《むな》しいだけだ。

焦ってはいけない。

フランセットの繊細な心を真綿で包み込むように守り、いつか感謝の気持ちがいくばくかの愛情に変わるまで辛抱強く待つのだ。

できるはずだ。

だって、十一年前からずっと、フランセットだけに恋してきたのだから。


十一年前。

十七歳のオベールは、当時は少尉だったクレールを伴い、諸国漫遊の旅をしていた。

マルモンテル国王がオベールの才覚を買い、将来重鎮につかせようと、見聞を広めるために旅に出したのだ。

旅の途中で、辺境のラベル王国の有名な「花祭り」を観《み》ようと立ち寄った。

国中が白薔薇で埋め尽くされた華やかな祭りの気分に乗って、オベールは競馬の競技に飛び入りで参加した。幼い頃から騎士団の中で馬術や武芸に励んでいて、馬の扱いはそこらの大人より優れていると自負していた。決勝まで勝ち残り、見事優勝した。

褒賞を与えられる時に、初めてフランセットと出会ったのだ。

花かんむりを掲げて、観覧席から階段を一歩一歩下りてくるフランセットをひと目見た瞬間、恋に落ちた。

陽の光にキラキラ輝くアッシュブロンドの巻き髪、ぱっちりしたエメラルド色の瞳、透き通るように白い肌、お人形のように整った顔が、少し緊張しているのがまたとても愛らしい。どんなに艶やかに咲き誇る白薔薇よりも美しい、花の女神のような乙女だ。

花かんむりを被せてくれると、彼女は鈴を振るような澄んだ声で激励の言葉をかけてくれた。オベールは心臓が壊れそうなほどドキドキしていた。

旅から戻っても、フランセットの面影が心の中から消え去らない。

授けられた花かんむりは、大切に寝室の壁に飾った。花が枯れて色褪《いろあ》せても、思い出は年ごとに鮮明に蘇《よみがえ》る。

もう一度フランセットに会いたいと思ったが、帰国してからは、国王陛下から騎士団長という重役に任命され、国を離れるわけにはいかなかった。

でも、いつでもフランセットのことは気にかけていた。一国の王女であるフランセットを、いつか娶りたいと願った。懸命に執務の励み、自分を磨き、彼女にふさわしい男になろうと努力を続けた。

やがて陸軍総司令官騎士団長という最高の栄誉ある地位に就いた。

彼女の祖国がひどい干ばつで困窮していることを知り、なんとか力になりたいと思い、この機に、国王陛下にフランセットに求婚したいと願い出ようと考えた。

その矢先、フランセットとジェラーデル侯爵との政略結婚が成立してしまったのだ。

王弟であるジェラーデル侯爵の方が身分は上だ。ジェラーデル侯爵を差し置いてフランセットを自分にくれとは、弟思いの国王陛下に言い出せなかった。

オベールは絶望のどん底に突き落とされた。

自分こそがフランセットにふさわしいと男だと信じて止まなかったが、フランセット側がその結婚を受け入れた時点で、もはや手出しはできなかった。

失った恋の痛手は深かったが、オベールはそれ以上に、フランセットの幸せを強く願っていた。

せめて姿を見たいと、自ら国王陛下に願い出て、ラベル王国へフランセットを出迎えに行った。

十一年ぶりに再会した彼女は、匂い立つような初々しく美しい乙女に成長していて、オベールの秘めた恋心は疼くように熱くなったが、そんなそぶりは一切表に出さないように振る舞った。

だが、その恋心は、宿泊所が火事になった件で、フランセットがなにより村人たちのことを考えて野宿も厭《いと》わないと発言した時、さらに燃え上がったのだ。

恋は愛に昇華した。

なんと清らかな心を持った乙女だろう。

愛を自覚した時、オベールは彼女が幸福になるためなら、なんでもしよう、一生彼女を見守るだけでも構わない。そう決意する。

それほどの深い想いだった。

あの短い旅でのフランセットとの交流が、オベールの唯一の思い出になるはずだった。

てしまう。

だが――彼女はその日のうちに、あらぬ言いがかりをつけられジェラーデル侯爵に離縁され

あまりに非道な仕打ちにオベールは愕然《がくぜん》とした。

フランセットがどんなに悲壮な覚悟を胸に秘めて嫁いできたか、オベールにはわかっていた。

傷つきぼろぼろになったいたいけなフランセット。

オベールはもはや引き下がっているわけにはいかなかった。

国王陛下にフランセットとの婚姻を願い出た。

彼女のすべてを引き受け、守り、慈しもう――一生かけて。

第五章　期限付きの夫婦

フランセットは、マリアに先導され、王宮の南側に位置するサンルームに辿り着いた。

今日の貴婦人たちのお茶会は、ここで催されると連絡されていた。初めての顔見せなので、指定の時間よりもずいぶん早めに到着するように心がけた。

マリアがサンルームへの扉を開く前に、フランセットはすこしだけ躊躇する。

「少し早いかしら。皆さん、まだお集まりになっていないかも」

「大丈夫ですよ。サンルームには待合室もございますから、そこで待機していればよろしいでしょう」

マリアが力づけるように微笑む。

「そうね、では参りましょう」

背筋を伸ばし、サンルームへ足を踏み入れる。

吹き抜けのガラスの天井と幾つもある高い窓から、さんさんと日が差し込み、サンルームは眩しいほど明るい。奥の長いテーブルのある会席場を目にした時、フランセットはハッとする。

そこにはすでに大勢の貴婦人たちが勢ぞろいでテーブルに着き、賑やかにおしゃべりしながらお茶を飲んでいたのだ。

「マ、マリア、お約束の時間を間違えたのかしら？」

「いいえ、確かに午後二時と使いの者に伺いました」

マリアも呆然としている。

と、テーブルの上座に座っていた派手なドレス姿の赤毛の貴婦人が立ち上がった。ポンパドール伯爵夫人だ。

「あらまあ、シュバリエ公爵夫人。一時間も遅刻なさって。お約束をお忘れかと思いましたのに」

ポンパドール伯爵夫人はサンルーム中に響くような大声で言う。

「え、あの……でも、約束の時間は二時だと――」

「困ったものね。あなたのお国は田舎でのんびりなさっているから、約束の時間を違えることなど普通のことかもしれませんけれど、この大都会のマルモンテルでは、大変非常識なことですのよ」

ポンパドール伯爵夫人はフランセットの言葉を遮った。

くすくすとテーブルついている貴婦人たちから忍び笑いが漏れる。

「あ――」

フランセットは顔から火が出そうだった。

だが、気持ちを入れ替えて、その場で深く頭を下げる。

「申し訳ありません。今後は、このようなことはないよう、努めます」

ポンパドール伯爵夫人が居丈高に言う。

「当然でしょう。あなた一人、常識はずれな方が社交界におられるだけで、私たち全体の評判に関わるのですからね。以後、お気をつけあそばせ」

「はい……」

「さあ、お早く席にお着きになって。皆さん、楽しく歓談しておられたところですから」

促され、フランセットは急いで一つだけ空いていた末席に向かう。マリアが椅子を引いてくれる。招待主であるポンパドール伯爵夫人は、フランセットのことを紹介しようとしない。誰もフランセットに話しかけて来ず、フランセットは身を硬くしてじっと座っていた。

給仕がフランセットの前に茶器や菓子皿を並べてくれ、フランセットはやっと息を継いだ。

「――でね、この指輪、先日宰相様が私に贈ってくださったものなのですよ」

ポンパドール伯爵夫人は、右手に嵌《はま》った大きな赤い宝石の付いた指輪を自慢げに掲げて見せる。

「まあ、なんて大きいのでしょう。最高級の宝石ですわね」

「こんな希少価値のある石、国広しといえどポンパドール伯爵夫人にしか手に入りませんわ」

「ほんとうに、羨ましい。素晴らしいわ」

他の貴婦人たちが口々に讃《ほ》め称《たた》える。

ポンパドール伯爵夫人は満足げにうなずき、末席のフランセットにふいに声をかける。

「ねえ、シュバリエ夫人、この石、どう思われます？」

お茶を飲もうとしていたフランセットは、慌ててカップを置き、ポンパドール伯爵夫人の指輪を見つめた。正直、ラベル王国では慎ましい暮らしを常としてきたので、宝石には詳しくない。でも、できるだけにこやかに答えた。

「とても綺麗なルビーだと思います」

すると、どっと貴婦人たちから爆笑が起こった。

ポンパドール伯爵夫人も大仰にお腹を抱えて笑っている。

フランセットは意味がわからずキョトンとしてしまう。

「おほほ、ああ、可笑《おか》しい。シュバリエ夫人ったら――」

ポンパドール伯爵夫人はまだくすくす笑いながら、これ見よがしに指輪の嵌った手を突き出す。

「これはレッドダイヤモンドですわ。ルビーなんかお話にならないくらい、希少価値のある高価な宝石なのです。いやだ、そんなこともご存知ないのね。ダイヤモンドを生まれて初めてご覧になったのかしら。よほど貧しいお育ちなのね」

フランセットは羞恥と屈辱で頭の中が煮え立ちそうになる。

きっと彼女たちは示し合わせて、わざと宝石の名前を口にしなかったのだ。

フランセットの無知をあざ笑うために。

うつむいて唇を噛み締めたが、歯がかちかちと震えるのを感じた。

「そうそう、お育ちといえば、シュバリエ夫人は最初に宰相様に嫁がれた時に、清い身体ではなかったという噂ですけれど、それもお国の常識なのでしょうか？」

一人の貴婦人がポンパドール伯爵夫人の口車に乗るように、言った。

まあーっ、と非難の声があちこちから上がる。

「なんてはしたない」

「不謹慎すぎますわ」

「我が社交界の恥だわ」

フランセットは全身から血の気が引いた。もはやこの場にいることが耐えきれない。

「マ、マリア……」

壁際で控えていたマリアに、消え入りそうな声をかける。頬を怒りに染めたマリアが、さっと寄ってきた。彼女は真っ青になったフランセットの顔を覗き込み、気遣わしげに言う。

「奥方様、ご気分がお悪そうです。退席して、どこかで横になられた方がようございます」

「そ、そうします……」

フランセットはマリアの手を借りて、ふらふらと立ち上がる。

「奥方様は、持病の貧血が出たようですので、大変申し訳ありませんが、これで失礼させていただきます」

マリアが固い声でポンパドール伯爵夫人に告げた。

「まあ、今来たばかりなのに、もうお帰り？　残念ねえ、もっと私どもの知らない下々のお話が聞けるかと思いましたのに。では、次回は王宮主催の舞踏会にてお会いしましょうか？　さぞ珍妙なダンスをご披露くださることと、期待しておりますわ」

ポンパドール伯爵夫人は意地悪く答えた。

フランセットは今にも倒れそうなほど足が震えていたが、マリアに支えられてからくもサンルームを退出できた。

廊下に出るや否や、へなへなとその場に頽《くずお》れてしまう。

「しっかりなさいませ、奥方様」

マリアがフランセットを抱きかかえるようにして、立ち上がらせた。

「ここで気を失ったりしては、あのメス狼どもの格好の噂話《うわさばなし》の餌になってしまいます」

「わ、わかったわ、マリア……」

フランセットは気力を振り絞り、よろめくようにして廊下を進んだ。

騎士団員たちの住居区画まで来ると、マリアはフランセットを木陰のベンチに座らせ、扇で顔をあおいだ。

「ああ口惜しい。なんて品のないご婦人方なのでしょう。夫のある身でいながら、宰相殿の愛人になって、権力をかさにきているポンパドール伯爵夫人こそ、節度がなく非常識ではないですか！」

マリアが忌々しげに怒りの言葉を吐く。

フランセットはぐったりベンチの背もたれにもたれ、弱々しくつぶやく。

「でも、私が辺境の生まれで無知であることは、真実だわ……」

「そんなこと――」

マリアが言葉を続けようとした時だ。五歳くらいの少女が、トコトコとフランセットに近づいて来る。騎士団員の子どもだ。

「おくがたちゃま、げんき、ない？」

フランセットはハッと身を起こし、満面の笑みになる。

「いいえ、メリジューヌ、元気ですよ」

メリジューヌはにっこりすると、後ろを振り返り、手を振った。

「みんなー、おいでー」

すると、原っぱで遊んでいたらしい同年代の子どもたちが、わっと駆け寄ってくる。彼らはフランセットを取り囲むと、目をキラキラさせて口々に言う。

「おくがたちゃま、おねがい、はなかんむり、編んで」

「あんで、あんで」

「おくがたちゃま、あそぼ」

マリアが少し怖い声で叱った。

「奥方様のお邪魔をしてはいけません、いつも言っているでしょう」

子どもたちがびくんとして口を噤《つぐ》んだ。

「いいのよ、マリア。さあ、花かんむりを編んで上げるわ」

フランセットはやんわりとマリアを窘《たしな》め、立ち上がった。

わあいと、子どもたちがフランセットに群がる。

普段、フランセットは時間が許す限り、騎士団員の家族と交流するようにしていて、子どもたちとも気さくに遊んであげていた。特に彼女の編む花かんむりは、子どもたちの大のお気に入りであった。

フランセットは原っぱにしゃがみ込むと、シロツメクサを摘んでは、それを手際よく編んでいく。その手元を、取り囲んだ子どもたちが、まばたきもせず見つめている。

「さあ、ひとつできたわ。では、メリジューヌから、花かんむりを被せてあげましょう」

フランセットが中腰になると、メリジューヌはその前に跪《ひざまず》く。

「可愛いメリジューヌに、花かんむりを授けます」

気品のある声と仕草で、フランセットは花かんむりをメリジューヌの小さな頭に被せてやる。

「ありがたきしあわせでしゅ」

メリジューヌが嬉しさに顔を真っ赤にした。

その後も、フランセットは花かんむりを編んでは、次々に子どもたちに被せてやる。

「これは、お転婆《てんば》なアウラに」

「これは、かけっこの得意なクレアに」

「これは、お手伝いをよくするローズに」

「これは、お母さん思いのエタンに」

一人一人の名前を優しく呼ぶ。

こどもたち全員が花かんむりを被せてもらい、おおはしゃぎだ。

彼らはフランセットの両手にしがみつき、大声でわらべ歌を歌い出す。

フランセットも澄んだ声で一緒に歌った。

無邪気な子どもたちに囲まれると、先程までの口惜しく落ち込んだ気持ちも、いつしかどこかへ消えていくようだ。

しばらくすると、洗濯場にいた騎士団員の妻たちが慌てたように駆けつけ、平身低頭で自分たちの子どもを連れて行った。子どもたちは名残惜しそうに、振り返り振り返り、フランセットに手を振る。フランセットも手を振り返した。

やっとフランセット一人になると、側でずっと見ていたマリアが、感嘆した声を出す。

「奥方様、三十人はいる騎士団員の子どもたちの名前を、全部ご存知であられますか？」

フランセットは笑みを深くする。

「最初に、オベール様に言われたの。騎士団の人たちは、部下であり、家族同然であると。家族の名前を知っているのは、当然のことでしょう？　皆んな、可愛い私の子どものような存在よ」

「ああ――」

マリアが涙ぐむ。

「奥方様は、素晴らしい女性です。あんなジャラジャラ着飾ってくだらない噂話ばかりしている女どもなんかより、ずっとずっとご立派なお方です。騎士団長殿にふさわしい妻は、奥方様しかおられません」

フランセットは苦笑する。

「泣くほどのことではないでしょう？」

マリアはエプロンの端で涙をぬぐう。

「ですが――奥方様が現れなければ、騎士団長殿はずっと幻の恋人の面影ばかりを追って、お独り身であられたでしょうから――」

「幻の恋人？」

マリアがハッと顔色を変えた。

「あ、いいえ、そのあの、なんでもありません」

しどろもどろになるマリアに、フランセットは聞き質《ただ》す。

「そうなのね――やはり、オベール様には想い人がおられたのね」

「いいえ、あの、昔の初恋をこじらせておられると、うちの夫が言っておりましたが、もう、過去のことでございますよ。今は騎士団長殿は奥方様一筋ですから、ぜんぜん、お気になさることはありません」

マリアが必死で言い繕うが、フランセットの気持ちはみるみる萎《しぼ》んでしまう。

でもそれを気取られたくない。

「そろそろ、屋敷に戻りましょう。今夜はオベール様は、帰宅が遅いと伺っていましたから、私は先に部屋で休みます」

何事もなかったような顔でマリアに告げ、ゆっくりと歩き出す。

心臓のあたりがズキズキ痛んだ。

オベールほどの立派な男性が、今まで女性と交流がないわけがない。

他に好きな女性がいるのに、国王陛下に命じられて正義感と義務感から、フランセットと結婚したのだ。

同情婚――そんなこと、ずっとわかっていたはずだ。

彼にふさわしい妻になろうと、今まで懸命に努力してきた。

でも、今日のお茶会での仕打ちを思うと、払い下げられた傷物扱いの貧乏王女など、オベールの名誉を汚すばかりではないだろうか。

自分はオベールにふさわしくない。

彼の優しさと誠実さに甘えていたが、このままでいいのだろうか。

でも、オベールが好きだ、そばにずっといたい。

恋しい気持ちは、日ごとに募る。

フランセットは混沌《こんとん》とした胸の内を整理できないでいた。

屋敷へ戻ると、一通の招待状が届いていた。

ポンパドール伯爵夫人からだった。

今月末に、ポンパドール伯爵夫人が主催する王宮の感謝祭を祝う舞踏会への招待であった。

手回しが早いことだ。

ポンパドール伯爵夫人の思惑は明白だ。

田舎王女をあげつらい、嘲笑するつもりなのだ。

また大勢の中で、恥をかかせられるのか。

自分一人なら、どんな醜聞を立てられても構わない。けれど、オベールの妻である限り、フランセットの汚名は彼の汚名になるのだ。

今後ずっと一生「王弟殿下に払い下げられて騎士団長に拾われた貧乏国の元王女」という不名誉な肩書きがついてまわるのかもしれない。

国王陛下に、才覚を見込まれ信頼も厚いオベールには、この先も輝かしい未来が待っているはずだ。その未来の汚点になってしまうのか。

フランセットは夕食もそこそこに部屋に引き取り、一人悶々《もんもん》と悩んだ。

そのうち疲れが出たのか、いつの間にソファでうとうとしてしまったらしい。

ふっと顔を上げて、暖炉の上の時計を見た。

深夜を回っている。

まだオベールは帰宅していないようだ。執務が忙しいのだろう。

フランセットはガウンを羽織り、庭に続くベランダへの窓を開けた。

綺麗な満月だ。

ベランダから庭に出る。

遅咲きの薔薇が咲いていて、いい香りが辺りを包んでいる。

薔薇の香りをかぐと、祖国のことを思い出す。

オベールの話では国王陛下は約束通り、ラベル王国への支援をしてくれているという。

フランセットはオベールの手前、祖国に未練があると思われたくなくて、連絡を取らないままで我慢していた。

祖国の民たちの生活は、落ち着いたろうか。

両親や兄弟は元気だろうか。

「花祭り」はいつか再開されるだろうか。

せつないほど郷愁の思いに捕らわれる。

「父上、母上――」

母王妃の膝に縋って甘え、思い切り泣きたい。

壮絶な孤独感が襲ってくる。

オベールのことを想うと、さらに苦しい。

きっとオベールは、フランセットがどんな醜聞に晒されようと、それを責めたりしない。あくまで寛大な心でフランセットを包み、立派な夫として振る舞うだろう。

それが辛い。

オベールが優しければ優しいほど、ほんとうは別の女性を愛している彼を不幸にしている気がした。

月末の舞踏会のことを考えただけで、鉛でも呑み込んだように気持ちが重くなる。

どこかに行ってしまいたい。

だが、祖国は遠い。

フランセットは無意識にふらふらと、祖国のある東の方へ向かって歩き出していた。

ただ、そちらへ行きたかった。

中庭から奥庭に向かって、ひたすら歩き続ける。

「――ット――」

どこからか、夜の空気を切り裂いて、張り詰めた声が聞こえた。

びくりとして歩調を緩めた。

「フランセット――」

オベールが呼んでいる。

フランセットは反射的に声のする方と反対方向に走り出した。

呼ばないで、来ないで。

今日のお茶会での恥さらしな出来事を思い出すと、オベールに合わせる顔がない。

だが、すぐに背後から駆けつける足音が追いついてくる。

「フランセット、どこに行くんだ」

フランセットは必死になって逃げた。

「フランセット、フランセット、待ちなさい」

あっという間に声が背中に迫る。

そして、ぎゅうっと逞しい腕に抱きとめられてしまう。

「いやっ、離してっ」

フランセットはオベールの腕の中でもがいた。帰宅してすぐ、追いかけてきたのだろうか。オベールは軍服姿のままだ。

「こんな奥まで迷い込んで。こんな薄着で――」

オベールが心底心配そうな声を出し、自分の上着を脱いでフランセットに着せかけた。

「帰宅したら、部屋に君がいなくて、ベランダの窓が開けっ放しで――どこに彷徨《さまよ》い出たかと思ったぞ」

「いいの、私のことなんか、ほっておいてくださいっ」

「どうしたんだ？　昼間のお茶会のことを気にしているのか？」

びくりと身が竦んだ。オベールはすでに知ってるのだ。

全身から力が抜けてしまう。

「私は……オベール様にふさわしい妻ではありません……」

弱々しくつぶやく。

「なぜそんなことを言う？　口さがない人々の根も葉もない噂話など、気にすることはない。私は少しも気にしていない」

オベールがきっぱりと言う。その清廉さが、フランセットの胸を打つ。

そっとオベールの腕を外し、向き直る。潤んだ瞳で彼を見上げる。

「でも、人の口に戸は立てられないのです。私の不名誉な評判は、一生付いて回るのです」

オベールは痛ましげな表情になる。そんなに同情しないでほしい。

「君は、それが辛いのだね？」

辛いのは、オベールの名誉にも傷が付くことだ。だが、彼はそんなことは構わないと言うに決まっている――優しさが心苦しい。

フランセットは彼に嘘をつこうと決める。

「辛いのです」

オベールが口惜しげに顔を歪めた。

「私は君を救おうとしたのに――ずっと、君を苦しめていただけなのか」

そんな顔をしないで。誠実なオベール。

フランセットの目から涙が零れた。

「君は、祖国へ帰りたいのか？」

オベールが小声でたずねた。

ずっとここにいたい、でも――フランセットは目をぎゅっと瞑り、こくんとうなずいた。

「そうか――」

オベールはじっとなにかを考え込んでいた。それから、意を決したように切り出す。

「わかった。君のために、一番良い方法を考えよう。今すぐ離婚するのは、さらに君の評判に傷が付く。せめて半年だけ、私の妻でいてくれぬか？　その後、私の方に問題があるということにして、君と別れよう。そして、祖国へ帰してあげよう。国王陛下に頼んで、ラベル王国への支援は途切れないようにする、それは心配いらない」

フランセットは胸が切り裂かれそうに痛んだ。どこまでも、フランセットのことを思いやってくれるオベールに、すがりついて告白したい——好きなの、愛しているのだと。だが、必死でその気持ちを押し殺した。

「半年——ですね」

「そうだ。半年だけ夫婦を続けよう。期限付きなら、君もこの国での生活に耐えられるだろう？」

「……はい」

たった半年——でもきっと、フランセットの一生で一番幸せな半年になるだろう。

フランセットは深く息を吐いて、涙を呑み込む。そして、にっこりとして顔を上げた。

「それでは、半年間はうんと仲睦《むつ》まじい夫婦を演じましょうよ」

オベールがなんとも言えないせつなげな笑みを浮かべた。

「そうだね。せめてできる限り楽しく過ごそう」

二人は笑顔で見つめ合う。

オベールがフランセットの両手をそっと取った。

「フランセット、愛しているよ」

フランセットはどきーんと心臓が躍り上った。直後、ああこれは演技なのだと納得する。

彼の手を握り返し、答える。

「私も、愛しています」

オベールが目を眇めた。

「嬉しいよ――」

そう言うと、彼はゆっくりとワルツのステップを踏み出した。思わずフランセットもそれに合わせてステップを踏む。

「月末、舞踏会に招待されたのだろう？　ポンパドール伯爵夫人からの招待状がテーブルの上に置いてあった」

「はい……」

「衆人環視の中で、また心にないことを言われるかもと、そのことも気にしたのだろう？」

なぜオベールはこんなにもフランセットの気持ちがわかるのだろう。

「はい」

「それなら」

オベールがフランセットの腰を引き寄せ、本格的なダンスを踊り出す。

「これから毎晩、私が君のダンスを見てあげよう。月末までに君を社交界一エレガントな貴婦人にしてみせる。これでも、社交界では私のダンスの上手《うま》さは評判なのだぞ。だが、私は忙しいし好きでもないご婦人方の手を握るのも苦手なので、舞踏会などほとんど行かぬ主義だがね」

おどけたように顎を反らすオベールに、フランセットはふふっと声を上げて笑う。

「まあ、それでは厳しくご指導願いますわ。私もさらに自分に磨きをかけて、社交界の皆さんをあっと言わせてやります」

「うん、その意気だ。ポンパドール伯爵夫人をぎゃふんと言わせてやれ」

「うふふ、はい」

今までで一番二人の気持ちが近づいた気がする。

半年間は、心置きなくオベールを愛する妻になれるのだ。

フランセットは短い幸福を心ゆくまで甘受しようと思った。

月末、ポンパドール夫人が主催する舞踏会が、王宮の大広間で華やかに開かれた。

元来なら王家の血筋の者以外は王宮を私的に使用することは許されないのだが、ジェラールデル侯爵が王弟の立場を行使してゴリ押しで開催させたのだ。

それだけポンパドール伯爵夫人の権力が強いと言う証明でもあった。誰もが内心は不満と不服を抱えつつも、彼女に媚《こ》び諂《へつら》わざるを得なかった。

山海の珍味をずらりと揃えたテーブル、大量の高価なワイン、一流の演奏家たちが奏でる煌びやかな音楽――なにもかも贅《ぜい》を凝らした舞踏会であった。

首都中の身分の高い貴族たちが着飾って勢ぞろいした中でも、ポンパドール伯爵夫人の姿はひときわ豪華で目立っていた。肉感的な身体の線を強調した真紅のドレスは、幾重にも手織りのレースを重ね宝石を無数に無数に縫い込め、目がチカチカするほど派手だ。金粉を振りかけた赤毛をこれでもかと頭の上に高く結い上げ、孔雀《くじゃく》の羽で飾った帽子はいささか滑稽なほど巨大だ。

取り巻きの貴婦人たちにおべっかを使われながら、ポンパドール伯爵夫人は女王様然と振る舞っていた。

その時、呼出係が告げた。

「シュバリエ公爵夫人のおいでです」

フランセットは大広間の入り口で深呼吸を繰り返すと、お付きのマリアに小声で告げた。

「行きましょう」

「はい」

フランセットはドレスのスカートを翻し、滑るように大広間に入っていった。

賑やかに会話していた招待客たちが、ハッといっせいにこちらを見た。

フランセットは柔らかな笑みを浮かべ、胸を張り堂々と入場する。

オベールやマリアたちに相談して仕立てた純白のドレスは、上半身はぴったりとして、腰から下のスカートのラインは美しいドレープを描いている。あえて華美な装飾は避け、最高級のシルクの輝きだけを生かしたドレスは、ほっそり優美な肢体を最高に魅力的に見せていた。艶やかな金髪はふっくら頭の上に纏《まと》め、真珠のティアラだけで飾った。薄化粧しただけだが、肌が透き通るように美しいので、自然でとても艶やかに見える。

その上、生まれながらの王家の血筋だけがかもしだせる気品は、身の内からフランセットを輝かせていた。

始めは好奇な視線で見ていた人々の顔色がみるみる変わる。

先日、お茶会でポンパドール伯爵夫人の尻馬に乗ってフランセットを嘲笑していた貴婦人たちが、うろたえたようにひそひそ話す声が漏れ聞こえた。

「あの方、あんなに気品があって洗練されてたかしら？」

「嘘、ついこの間まで、あんなに田舎くさかったのに」

「別人みたいに綺麗だわ」

「やっぱり、辺境といっても正当な王家の王女様ですものね」

ポンパドール伯爵夫人を取り巻いていた貴婦人たちも、感嘆の表情を隠せない。

フランセットは背筋をしゃんと伸ばし、優美な足取りでポンパドール伯爵夫人に近づいていく。

ポンパドール伯爵夫人が唖然としたようにこちらを見ていた。

フランセットは彼女の前まで来ると、優雅に一礼した。

「お招きにあずかり、光栄です。ポンパドール伯爵夫人」

少しも訛りのない滑らかな口調だ。顔を上げると、最上級の典雅な笑顔を浮かべてみせる。

「あ、よ、ようこそ、おいでになりました」

気圧《けお》されたようにポンパドール伯爵夫人がどもりどもり答えた。

「今夜は、存分に楽しませていただきますわ」

フランセットの口調にも佇まいにも、他を圧倒するような雅《みやび》やかな雰囲気が滲《にじ》み出《で》ていた。

「ごきげんよう、シュバリエ公爵夫人。そのドレス、とてもお似合いですわ」

一人の貴婦人が話しかけてきた。

フランセットはにこりと白い歯を見せる。

「ありがとうございます。祖国の国花の白薔薇をイメージしてみましたの」

「ああ、お国の『花祭り』は大変有名ですものね」

「ええ、毎年大陸中の高貴な方々が観覧にいらしてくださいましたわ」

すると、次々に貴婦人たちがフランセットを取り巻き始めた。

「まあ、お聞かせくださいな、『花祭り』のことを」

「いつか、お国の『花祭り』を拝見するのが、私の夢ですのよ」

フランセットはにこやかに「花祭り」の逸話を話し出す。よどみなく、楽しい逸話の数々に、皆が目を輝かせて聴《き》き惚《ほ》れている。

フランセットはオベールともよく話し合い、考えを改めたのだ。

自分の祖国を決して卑下しないこと。

辺境王国だろうと、自分は正当な王家の生まれなのだ。臆さず、自国の良いところを広めていこう。だって、ラベル王国の「花祭り」は世界に誇れる素晴らしいお祭りなのだから。

取り巻きに置いてけぼりにされ、ぽつんと取り残された形になったポンパドール伯爵夫人は、髪の毛と同じくらい顔を赤くし、フランセットの方を睨んでいる。

ポンパドール伯爵夫人はふいに演奏家たちの方に目配せした。

おもむろにダンス曲が流れ始める。

ポンパドール伯爵夫人は、皆の注目を集めるようにパンパンと手を叩いた。

「さあさ、皆様、ダンスのお時間ですわ。どうぞ、心ゆくまでダンスをお楽しみくださいな」

その声をきっかけに、招待客たちは三々五々、パートナーを見つけてはダンスを始める。

壁際に引こうとしたフランセットに、紳士たちがこぞって声をかけてきた。

「シュバリエ公爵夫人、どうか一曲踊ってください」

「いえ、最初の曲はどうか私と」

「いえいえ、私と」

フランセットと踊りたくて、紳士たちが列をなしそうな勢いで集まってきた。

フランセットは戸惑い顔になる。さすがにこんなに男性が寄ってくるとは、予想外だった。

「まあ、困りましたわ。こんなに大勢の方々に――」

やんわりと断ろうとした。と、その時だ。

大広間の入り口で貴婦人たちが黄色い歓声を上げた。フランセットはパッとそちらに目をやる。

なんと入り口に、濃紺の礼装に身を包んだオベールが颯爽と立っていたのだ。

「きゃあ、シュバリエ公爵が舞踏会においでになるなんて、夢みたい」

「嘘、信じられない。ああ、一曲踊りたいわ」

「なんて男らしいお姿でしょう。素敵だわ」

貴婦人たちは慎みも忘れ、うっとりとオベールの姿を見つめる。

だがオベールは彼女たちを一顧だにせず、まっすぐにフランセットの方へ歩いてきた。

フランセットも呆然としていた。

多忙で舞踏会嫌いだと言っていたオベールが、ここに現れるなんて。

オベールはフランセットの前で優雅に一礼した。

「お美しいご婦人、どうか私と一曲踊ってください」

フランセットは苦笑しながら手を差し伸べた。

「よろしくてよ」

オベールに手を取られ、二人は大広間の中央に進み出た。

腕を組み向き合い、音楽にのって踊り出す。

「驚いたわ。オベール様は舞踏会が苦手だとおっしゃっていたのに」

「好きでもないご婦人の手を取るのが苦手だと言ったんだ」

オベールはおどけたように片目を瞑ってみせる。

「だが、愛する妻となれば話は別だ」

フランセットはクスクス笑う。こんなのろけも、演技だと思うと逆にすんなり受け入れられる。

「ふふ、お上手ね」

二人は笑みを浮かべて見つめ合い、フロアの中を滑るように移動した。ぴったり息の合った美男美女のダンスに圧倒され、周囲のカップルは自然に端に寄っていく。

「なんて素敵なご夫婦でしょう」

「公爵様は奥様を溺愛なさっておられるのね、あの熱っぽい眼差し。ああ、羨ましいわ」

「奥様もさすがに王家の出だけあって、物腰も気品も普通の貴婦人とは格段に違いますわね」

招待客たちは羨望の眼差しで二人を見ている。

その時フランセットは、舞踏会嫌いのオベールが自分の信条を曲げてまで現れたのは、フランセットの名誉を少しでも回復するためだったのだと気がつく。

公の場で仲睦まじい様子を披露すれば、周囲のフランセットを見る目も変わるだろうと考えたに違いない。

事実、舞踏会中の人々がフランセットへの羨望と畏敬の表情をしている。

オベールの細やかな気配りに、胸がじんと熱くなる。

つい感情を込めた瞳でオベールを見つめてしまう。オベールは少し照れ臭そうに目を瞬く。

すっかりその場の中心から外された形になったポンパドール伯爵夫人が、貴婦人にあるまじき凄まじい形相でこちらを睨んでいた。

と、そこへのっそりとジェラーデル侯爵が現れたのだ。

彼は給仕に最高級のワインを持ってくるように指示をしている。どうやら、酒に惹かれてやってきたようだ。

フランセットはジェラーデル侯爵を目にし、ぎくりと身を竦ませた。動悸が速まってくる。

王弟殿下のお出ましに、周囲の人々が慌てて身を引いて頭を下げた。ジェラーデル侯爵に気がついたポンパドール伯爵夫人は、急ぎ足で近づいていく。

「宰相様、よいところへおいでになったわ。さあ、私と踊ってくださいな」

ポンパドール伯爵夫人はジェラーデル侯爵の腕をむんずと掴んだ。

「え？　儂はワインを飲みにきただけだ――ダンスなどしとうない」

渋るジェラーデル侯爵を、ポンパドール伯爵夫人は半ば強引にフロアに引き摺り出す。

「さあ、しゃんとしてリードを取ってくださいな」

ポンパドール伯爵夫人は、ジェラーデル侯爵の片手を自分の腰にあてがわせ、もう片方の腕に自分の手を絡めた。

「もう少しこちらに寄ろうか」

オベールは踊りながらさりげなくフロアの隅に移動し、自分の背中でフランセットからジェラーデル侯爵の姿が見えないようにした。おかげで、ジェラーデル侯爵はフランセットがいることに気がつかないようだ。

フランセットはジェラーデル侯爵の出現に心がざわついたものの、思ったより動揺していない自分に気がつく。

きっとオベールが側にいるせいだ。何事があっても、オベールが守ってくれる。彼に全幅の信頼を寄せているから、気持ちがブレたりしないのだ。

ジェラーデル侯爵から被った心の傷が、オベールを愛したことでいつの間にか癒されていたのだ。

「気分が悪くなったのなら、正直に言いなさい。私がここから連れ出してあげるからね」

オベールはぴったり身を寄せて、足を止めた。そして小声でささやく。

フランセットは首を横に振る。そして、きっぱりと答える。

「大丈夫です。お招きに預かった舞踏会で、ダンスの途中で退席するなんて無礼です。最後まで踊りましょう」

オベールがわずかに目を見開き、感に堪えないような表情になる。

「強くなったね、フランセット——わかった、最後まで踊ろう」

二人が再びステップを踏み出そうとした時だ。

わっと人々がどよめいた。

見ると、フロアの中心で、ポンパドール伯爵夫人とジェラーデル侯爵がもつれあって倒れ込んでいる。どうやら、千鳥足だったジェラーデル侯爵が、転んだ拍子にポンパドール伯爵夫人を巻き込んでしまったようだ。

倒れたジェラーデル侯爵はすっかり酔っ払ってしまったようで、いっこうに立ち上がらない。スカートを払いながら起き上がったポンパドール伯爵夫人は、苛立たしげに大声で侍従たちを呼ぶ。

「何をぐずぐずしているのです。宰相様をお助けして、控え室までご案内しなさい！」

慌てふためいた侍従たちがわらわらと飛び出してきて、酔いつぶれたジェラーデル侯爵を担ぎ上げるようにして、大広間から連れ出した。

一連の騒動を見ていた人々の間から、くすくす忍び笑いが漏れる。

ポンパドール伯爵夫人が真っ赤な顔でギリっと睨んできたので、皆慌てて表情を正した。

そんな騒ぎなど知らぬげに、フランセットとオベールは楽しげに踊り始める。

その場の空気を一変するような流麗なダンスに、ジェラーデル侯爵の騒ぎに気を取られていた人々の注目はすぐフランセットとオベールへ戻った。

曲が終了し、踊り終わった二人が優雅にお辞儀をすると、招待客たちから盛大な拍手が湧き起こったのである。

その後舞踏会は、主催者のポンパドール伯爵夫人が気分が悪くなったということで、早めにお開きになった。

オベールはフランセットを屋敷に送ってからまた執務に戻ることにし、一旦一緒に帰宅することになった。

屋敷の部屋の前まで辿り着くと、扉の前でフランセットはオベールに向き合った。まだ素晴らしかったダンスの余韻が覚めやらず、夢見心地だ。

「オベール様、今日はほんとうにありがとうございました。一生忘れられない舞踏会になりました」

オベールは優しく微笑んだ。

「それは私も同じだよ。舞踏会でのダンスが楽しいと思ったのは、初めてだ。これまでは、ご婦人方へのご奉仕だと思っていたくらいだ。私こそお礼を言いたい」

フランセットも笑みを深くした。

「これから半年は、二人でいろいろなことを楽しみましょうね」

オベールがわずかに表情を硬くしたが、すぐ柔らかく答えた。

「そうだね。では、おやすみ」

彼は身を屈め、フランセットの頬におやすみの口づけをした。

「おやすみなさい」

フランセットも口づけを返し、ついでに少し乱れたオベールの前髪を手でそっと撫で付けた。

「さあ、早くお仕事に戻ってください」

「うん」

オベールは名残惜しげに身を離すと、ゆるゆると背中を向けた。その広い背中を見送っていると、フランセットの胸に愛おしさと熱い想いが込み上げる。

「あなた――お気をつけて」

思わずそう呼びかけていた。

くるっとオベールが振り返る。

彼の青い目がなにかに取り憑《とつ》かれたように妖しく光っていた。

オベールが大股でこちらへ戻ってくる。

フランセットはきょとんとしてたずねた。

「なにか、お忘れ物ですか？」

オベールはうなずく。

「大事なものを忘れていた」

そう言うや否や、オベールはフランセットをさっと横抱きにする。

「あっ……」

驚く間も無く、部屋の中に連れ込まれた。

オベールは片足で乱暴に扉を閉める。今までそんな行儀の悪い彼を見たことがなかったので、フランセットは唖然とした、が、それもつかの間だった。

抱きしめられたまま噛み付くような口づけを仕掛けられた。

「んぅ、ふ……」

勢い余って、がちっと前歯が当たる音がした。オベールの唇が切れたのか、鉄錆《てつさび》のような血の味が口内に広がっていく。そのまま舌を搦《から》め捕られ、痛むほど強く吸い上げられた。

「んんん、んぅ、んんんーっ」

甘い痺れに四肢からみるみる力が抜けていく。思わずオベール上着にしがみついた。

「んゃ、や、ぁ、ふ、ふぁ……ぁ」

首を振って拒もうとしたが、舌同士が触れ合うぬるぬるした悩ましい感触が生み出す官能の悦びに、なすすべもない。舌の付け根を甘く噛まれ血の味がする唾液を注ぎ込まれ、頭の中がくらくらした。オベールはフランセットの口腔を貪り尽くし、啜り上げる。こんな性急で貪欲な口づけを受けたのは初めてだ。息をするのも忘れてしまう。

「ふ、やぁ、あ、あふぅ……」

嵐のような激しい口づけの刺激に、下腹部の奥がじくんと妖しく疼く。

だが翻弄されてはいけない。フランセットは力を振り絞って頭を振りほどいた。離れた唇の間に、唾液の銀の糸が長く尾を引く。

オベールが荒い呼吸をしながら再び唇を奪おうと迫ってくる。

「いけません、オベール様、お仕事に戻って――」

「もう一度呼んでくれ」

「え？」

「さっき見送る時に、君が私を呼んだように」

殺気立っているようなオベールの目の色に、フランセットは背中がぞくぞくする。

「あ、あなた……？」

「そうだ、もう一度」

「あなた」

「もっとだ」

「あなた――あなた」

繰り返し呼んでいるうちに、フランセットの身の内にも凶暴なほどの欲望が生まれてくる。

「あなた、あなた」

連呼しながら、自分から唇を重ねていく。

「ああフランセット」

二人の舌がきつく絡み合う。

フランセットは官能の心地よさに目を閉じ、二人の乱れた吐息と舌の擦れ合うくちゅくちゅという卑猥な水音に、耳奥が淫らに犯されていくような気がした。

オベールは貪欲な口づけを続けたまま、フランセットを床の上に押し倒した。そして、慌ただしくフランセットのスカートを捲り上げてきた。

「んぁ、あ、だめ、です、お仕事が——」

フランセットは残っていたなけなしの理性で、オベールの手を振り払おうとした。だが、逆に両手首を片手で纏《まと》め上げて、頭の上に押さえつけられてしまう。

「まだ時間はある」

彼はそうつぶやき、フランセットのストッキングや下履きを引き下ろそうとする。もはやフランセットも湧き上がる劣情に追い立てられて、脱ぎやすいように自ら腰を浮かせる。そうしながら、彼のトラウザーズに手を掛け、もどかしげに前ボタンを外していく。

互いに競うように衣服を脱がし合った。

開いたトラウザーズから、熱く屹立した剛直が飛び出し、フランセットは両手でそれをあやすように包み込んだ。手の中でびくびくと脈打つ欲望の硬さに煽られて、子宮の奥がじーんと甘く痺れる。

まだ触れられてもいないのに、フランセットの秘所はずきずきと熱く疼いて、せつないほどぐっしょりと蜜を零していた。

二人ともあられもなく下腹部だけを露わにし、そのまま身体を重ねる。

オベールの指先が淫部のぬめりを借りて、ひりつく肉粒をくりくりと何度か転がしだけで、フランセットは軽く達してしまう。

「はぁっ、ああぁぁあっ」

びくんと腰が大きく跳ね、花弁のあわいからどろりと大量の甘露が溢れ出る。

「ああもうびしょびしょだね、フランセット、もう挿入《い》れるよ」

息を乱したオベールが、片手でがちがちに硬化した欲望を掴んで、秘裂にあてがう。

「あ、あぁ、ください、あなた、早くぅ」

ねだるように腰を前に突き出していた。

滾る男の灼熱を、すっかり蕩けた蜜壺は一度突かれただけで、ずぶずぶと最奥まで呑み込んでしまう。

「ああああっぁあ」

熱い喜悦が瞬時に沸点達し、フランセットは背中を弓なりに仰け反らせて甲高い嬌声を上げた。オベールは反り返った背中の隙間に手を差し入れ、ぐっと引き寄せて密着をより深くさせた。

「もうイッたね。奥がぴったり吸い付いてきて、たまらないよ」

オベールは耳元で艶めかしくささやき、フランセットが感じてしまう箇所に狙いを済ませて、大きく腰を穿ってきた。

「っ、あ、ああっ、あぁあ、はあぁっ」

子宮口の少し手前あたりのぽってり膨らんだ部分を突かれ捏ね回されると、どうしようもなく感じてしまい、我を忘れて乱れてしまう。

オベールも心得ていて、そこばかりをがつがつと穿ってくる。

「や、そこだめ、あ、だめぇ、あ、だめに……あぁ、は、はぁ、はぁぁっ」

脳芯がどろどろに蕩けて、さらに悦楽を得ようとするように、腰がひとりでに前後にうごめいてしまう。オーベルが深く突き入れてくるのに合わせ、腰を悩ましく突き出すと、激烈に絶頂に上り詰めたままになり、全身で強くイキんでしまう。太竿でめいっぱい広がった膣襞は、歓喜してやわやわと蠕動を繰り返す。

「いいね、素晴らしい、フランセット。私だけが君のこんな悩ましい表情を見て、恥ずかしい声を聞き、芳しい匂いを嗅ぎ、熱く濡れた場所へ欲望を埋め込んでやれる。君を満たせるのは、私だけだ」

オベールは満足そうにつぶやき、いっそう腰の律動を速めてくる。

いつもよりも荒々しい動きに、フランセットは翻弄されてしまう。

「んぁ、あ、ぃ……い、いぃ、あ、ぁあ……ぁ、ぁあ」

フランセットは長く尾を引くような嬌声を上げながら、感極まってオベールのたくましい肩へ爪を食い込ませた。

「フランセット、いいのか？　もっと欲しいか？」

オベールは最奥を繰り返しぐいぐいと圧迫しながら、性急な声で聞いてくる。そこを続けざまに押し上げられると、胎内のどこかが緩んで、さらさらした愛潮が大量に吹き零れてしまう。

「あぁぁ、いやぁ、そこ、だめ、あ、だめぇ、漏れちゃう……っ」

フランセットはイヤイヤと首を振る。どんなに感じ入っている時でも、まるで粗相をしているみたいで、愛潮を吹いてしまうことには未《いま》だに羞恥心が抑えきれないのだ。

いつものオベールなら、フランセットの懇願を聞いてくれて、そっと腰を引いてくれる。だが、今の彼は凶暴だった。

「いいんだ、漏らしてしまえ、もっと、もっとだ」

オベールは剛直を深く挿入したまま、官能の源泉をがむしゃらに突き上げた。

「やあぁぁぁっ」

より深い絶頂に襲われ、フランセットは部屋中に響き渡るようなあられもない声を上げ、びくんびくんと腰を痙攣させた。じゅくんと新たな潮が吹き零れた。

「だめぇ、イッたの、もう、イッちゃったのぉお」

フランセットは至極の絶頂に息も絶え絶えになり、ひくんひくんと全身を慄かせた。

だが、オベールは容赦なかった。

上半身を起こすと、フランセットの片足を担ぎ上げるようにして、結合部を露わにさせ、続けざまにずくずくと腰を打ち付けてくる。この体位になると、屹立の当たる角度が変わって、新たな喜悦が襲ってくる。オベールの膨れた陰嚢《いんのう》が後孔や秘玉を刺激して、快感の芯を直撃されているようで、気持ちよすぎておかしくなってしまう。しかも、あられもない姿がオベールからは丸見えになっているのだ。

「ほら見てごらん。君の花びらが真っ赤に腫れてぐちゃぐちゃになって、私のモノを嬉しそうに頬張《ほおば》っているよ。ああまた溢れてきたね、すごいね、いやらしいフランセット。際限なくイってしまうんだね」

「いやぁあ、見ないで、あぁ、言わないで、そんなにしちゃ、いやぁあ」

官能の炎に灼かれて、喘ぎ乱れる姿をくまなく見られ、フランセットは被虐の悦びに呆《ほう》けたようによがってしまう。

「いやもっと見てやろう。君の恥ずかしいところを、全部見てやる。私だけが知っている、君のすべてを、もっと見せてくれ」

オベールはぬちゅぐちゅと腰の抜き差しを繰り返しながら、フランセットの痴態をあますところなく凝視する。どろどろに溶けて境目もわからなくなった結合部に、熱いオベールの視線を感じると、熟れ襞はうねるように肉胴を締め付け、こぷりこぷりとさらに愛潮を吹き出してしまう。

「あ——っ、やぁあ、また、あぁ、またぁ、もう、いやぁ、イキたくない、のにぃ、あぁ、くるっちゃう、おかしくなっちゃう、あぁ、あああぁ」

数え切れないほど絶頂に飛び、とうとうイキ声も枯れ果てたフランセットは、唇を半開きにしたまま乱れた呼吸を繰り返す。

「ひ、ぃあ……は、ひ……ぅ……」

過酷な快楽は拷問にも等しいほど苦しいと、フランセットは身をもって知る。

最後には赤子のようにしゃくりあげながら、ぐったりと全身を弛緩させた。だが、貪欲な濡れ襞だけは、びくびくと蠢《うごめ》き、オベールの欲望を締め付けて離さない。

「可愛いフランセット、君をこんなにダメにするのは、私だけだ、私のフランセット」

オベールが熱に浮かされたように低くささやく。

「は、ぁ、もう、私もイくよ、フランセット」

フランセットは再び悦楽の波が高まってくるのを感じる。媚壁が絶え間無く収縮を繰り返し、男根を強く締め付けながらぴゅっぴゅっと断続的に潮を吹く。

「ふぁ、あ、あぁん、来て……ぇ、あなた、来て、私の中に……」

「欲しいのか？　フランセット、私が欲しい？」

「欲しいのぉ、あなたが、欲しい、いっぱい、いっぱい、ください、いっぱい……っ」

「く、フランセット、出すぞ。君の中に、全部、出す──っ」

どくん、とオベールの欲望が胎内で弾ける。

「あ、あぁ、イく、あ、イくぅ、あぁ、イくぅう……っ」

直後、フランセットの視界が真っ白に染まる。

身体の隅々にまで喜悦が広がり、硬直した。

「フランセット──く、はぁ──っ」

灼熱の白濁液が勢いよく最奥へ迸《ほとばし》る。

「……ぁ、あ、ぁ……ああ、ぁ……」

この瞬間、すべてがオベールと溶け合って、ひとつになる。

上り詰めた快楽の絶頂に漂いながら、徐々に全身の力が抜けていく。

「……あなた……」

フランセットは酩酊し薄れた意識の中で、掠れた声でオベールを呼ぶ。

「──私のフランセット」

オベールがぎゅっと弛緩した身体を抱きしめる。

そっと唇が重なり、これまでの雄々しい動きとは真逆の、優しく包み込むような口づけにフランセットは多幸感で目が眩《くら》みそうになる。

この人を愛している——。

全身全霊でそう思う。

でも、この人の幸せのためには断腸の思いでこの言葉を呑み込むのだ。

二人は深く繋がったまま、しばらく身動きもできずに固く抱き合っていた。

舞踏会の一件以来、フランセットへの物見高い視線や悪意ある噂話は徐々に影をひそめていった。その代わり、みるみる洗練され気品ある貴婦人に変貌していくフランセットに、日ごとに賛美や羨望が高まっていったのである。

二人の期限付きの結婚生活の半年は、夢のように過ぎて行った。

フランセットは毎日を大事に大事に過ごした。

毎朝早起きしてオベールの支度を手伝い、朝食を共にしてその日一日の予定を確認する。オベールが出勤して行った後は、侍女たちに家事の指示を出し、午前中の天気のいい日は外出し、騎士団員の家族たちと交流したり、恵まれない人々への寄付や慈善活動に参加したりした。午後は家庭教師について熱心に学ぶことを怠らなかった。多忙なはずのオベールは夕方には必ず帰宅して、フランセットと必ず晩餐を一緒にとってくれた。彼はフランセットのために、最後の半年の蜜月をなによりも大事にしてくれようとしていた。

そして夜はベッドの中で、互いの身体を確かめ合い、極上で甘美な快感を分け合った。週末の休息日には、森を散歩したり、野外にピクニックに行ったり、応接間で寄り添って読書をしたり、二人だけで濃密な時間を過ごした。

フランセットはオベールと過ごすどんなこともどんな一瞬も、頭の中にしっかり焼き付けておこうと思った。

第六章　愛の行方

幸福な時間はあっという間に過ぎ去る。

来月は半年の期限がくるという秋のある日、フランセットは自分の部屋で祖国へ持って行くもののリストを書いていた。

「朝のドレス、昼のドレス、夜のドレス、それぞれ十着。帽子五個。下着類——」

小声でつぶやきながら、ふと羽ペンの手を止める。

ため息が漏れた。

どうしても祖国へ持っていきたいものなど、ほんとうは何もない。

欲しいのはオベールだけだ。

傍でリストを受け取っては確認していたマリアが、ぽつりと言う。

「奥方様、ほんとうにお国へ戻られてしまうのですか？　屋敷の者たちも騎士団員もその家族も、皆心から残念がっておられます」

フランセットは穏やかにマリアに言う。

「そう言ってくれて嬉しいわ。でも、やはり私ではオベール様の妻には力不足なのよ。オベール様には、もっと身分も美貌も申し分ない汚点のない淑女がふさわしいの」

「奥方様以上の女性など、いるはずないです」

マリアが語気を強くする。

「身分や外見がなんですか？　それ以上に、奥方様ほどお優しくお心遣いのできる素晴らしい女性がおられましょうか？」

フランセットは首を振る。

「でもね、マリア。私がジェラーデル侯爵様に結婚したその日に離縁されたことは事実。この醜聞を変えることはできないわ」

「あの酔っ払い宰相なんか」

マリアが吐き出すように言う。

「いけないわ、マリア。国王陛下の弟殿下なのよ。不敬だわ。慎みなさい」

フランセットに諭され、マリアはハッと口を噤んだ。

「――申し訳ありません」

「さあ、リストの作成を急ぎましょう」

午後いっぱい使ってリストを書き上げ、居間にお茶を運んでもらいほっとひと息ついてると、玄関がやけに騒がしくなった。使用人たちになにか話しているオベールの声が聞き漏れてくる。

「あら、もうオベール様のお帰りかしら？　いつもよりお早いわね」

フランセットは立ち上がると、急いで出迎えに玄関に向かった。

玄関ロビーで、軍服姿のオベールが慌ただしい感じで使用人たちに指示をしていた。

「おかえりなさい、あなた。今日は早かったのですね」

声をかけると、オベールがこちらを振り向く。緊張した面持ちだ。

「フランセット。緊急事態だ。君に話がある――こちらへ」

オベールはフランセットの手を取ると、自分の書斎に導いた。

扉が閉まると、オベールはしばらく書斎机の方を向いて言葉を探しているふうだった。いつもは率直にものをいう彼が言《い》い淀《よど》むということは、よほどの緊急事態なのかもしれない。

「どういたしました、あなた？　お国の大事でしょうか？」

そう声をかけると、オベールが振り返った。

「君はなんて聡《さと》いのだろう――その通りだ。国境付近の村々が、国王陛下に対して内乱を起こしたとの知らせが飛び込んできたのだ」

「陛下に対して内乱？　マルモンテル国王陛下は名君で、これまで国を平和に治めてきたというのにですか？」

オベールが腕を組み、考え込むような表情になる。

「その通りだ。どうも税の不当取り立てへの不満が爆発したというのだが、それならなおさら合点がいかない。我が国の税率は各地方自治体の収益に応じて、負担が重くならぬように調整しているはずなのだ」

「はい、そう伺っております」

オベールはゆっくりと腕を解いた。

「とにかく、私にジェラーデル宰相からの勅命が下った。私は、内乱を鎮圧すべく、騎士団を引き連れて、直ちに国境線に向かうことになった」

「えっ？」

フランセットは心臓がドキンと飛び上がった。恐怖で胸がばくばくいい始める。

「ジェラーデル宰相がそんなことを――？　内乱の鎮圧に――戦になるというのですか？」

顔色が変わったフランセットに、オベールは安心させるように微笑みかける。

「いや、私が国の民に剣や銃口を向けることは決してない。徹底的に話し合い、双方に一番よい解決策を必ず見つけてくる」

「で、でも……反乱を起こしている人々と軍隊が対峙《たいじ》するんです。危ないことには変わりないわ。万が一――」

フランセットは思わずオベールに縋り付いていた。彼の上着の襟を掴む指先が震えてしまう。

オベールはそっとフランセットの背中を抱き寄せた。

「万が一などないよ。私は国一番の軍人だ。これまでも、数々の危険な状況を乗り切ってきたんだ。軍人の本懐は、戦に出ても無事に家族の元へ戻ることにある。大丈夫だよ」

ぽんぽんと宥《なだ》めるように背中を叩かれる。

「それより、遠方だし事態が長引けば——君の帰国の見送りができなくなるかもしれない。そちらの方が、気がかりだ」

「いいえ——そんなこと。お気になさる必要はありません。私のことなど気にせずに、どうか、お務めを無事果たしてください」

「そう言ってもらえると、少し気が楽になる。何も心配するな。無事君の元へ帰ってくるからね」

「はい……」

二人は万感の思いで抱き合った。

よもや、別れが近いのに離れ離れになるとは思いもしなかった。

だがフランセットは、ただただオベールの身を案じた。

翌朝、別れの言葉もそこそこに、オベール率いる騎士団は、国境線を目指して慌ただしく出立して行った。

マリア始め騎士団員の家族たちも、総出で見送った。

「あなた、どうぞご無事で」

「お父さん、行ってらっしゃい」

「息子や、陛下のために手柄を立てるのですよ」

騎士団の一行が地平の向こうに見えなくなるまで、声を涸らし手を振り続ける家族たちの姿を見ていたフランセットは、胸に迫るものがあった。

フランセットは王宮の教会で、毎朝毎夕神に祈りを捧げることにした。

祭壇の前に跪き、心を込めて一時間以上祈り続ける。

オベールと騎士団員たちが一人残らず無事に戻ってくるようにと、願掛けで砂糖断ちも始めた。甘いものが大好きなフランセットが、いっさいお菓子を食べることやめ、一心に祈りを捧げる姿は、残された騎士団員の家族の胸を打った。

始めはマリアがフランセットの祈りの時間に付き従い、祈りを捧げるようになった。

やがて、一人また一人と騎士団員の家族たちが、フランセットにならって毎朝毎晩、祭壇の前に跪いて祈るようになった。やがて、聖堂に溢れるほどの人々が集まるようになる。

国王陛下はその姿にいたく心を動かされ、朝夕の祈りの時間は、王宮の教会を全開放するように命じる。

社交界の間では、夫に貞節を尽くすフランセットの姿に胸を打たれ多くの貴族たちから賞賛の声が上がっていた。

一方で、フランセットの帰国の日が刻々と迫ってきていた。

とうとう――明日はラベル王国へ出立の日となった。

夕刻、フランセットはいつものようにオベールと皆の無事を祈ろうと、屋敷でマリアと教会へ向かう支度をしていた。

その時だ。

一人の騎士団員の妻が、ばたばたと部屋に駆け込んできた。

「奥方様、奥方様！　騎士団が戻ってきました！　戻りました！」

椅子に座っていたフランセットは、ぱっと立ち上がった。

「戻られたの？」

「はい、今、騎士団員が続々とこちらに到着しております」

フランセットはマリアを振り返る。

「行きましょう、マリア」

「はいっ」

フランセットは無我夢中で屋敷を飛び出した。

騎士団員の寄宿舎周りに、大勢の騎士団員たちが家族と抱き合って再会を喜んでいる。

「あなた？　オベール、オベール様！」

フランセットは人々を掻き分けて、大声でオベールを呼んだ。

見当たらない。

そしてなぜか、騎士団員たちはフランセットと目を合わせないようにしている。

まだ辿り着いてないのだろうか？

フランセットは城の正門前まで息急《いきせ》き切って、走っていった。背伸びをして、人混みの中からオベールの姿を探す。

馬に乗って跳ね橋を渡ってくる騎士団員の中から、声をかける者がいた。

「奥方様」

クレール中隊長だ。

「中隊長！　オベール様は？　夫は、あの人はまだ？」

クレール中隊長はフランセットの前で下馬すると、さっと跪いた。

「申し上げます。騎士団長閣下は負傷なさり、現地に留まられましたっ」

「負傷……？　戦になったのですか？」

フランセットは目の前が真っ暗になるような気がした。

「いいえ、騎士団長閣下は、反乱した村々の長とひざを突き合わせて誠意を込めて談判を行い、見事、無血で武装解除させました」

「で、ではどうして、お怪我《けが》など？」

クレール中隊長が苦しげな顔になる。

「それが、一部の不満分子が最後の抵抗をし、村に火を放ったのです。騎士団長閣下の命令で、我々は村人を全員無事避難させました。だが――一人、子どもが火のついた家に残され、騎士団長閣下はそこへ飛び込んで、子どもを救い出されたのです。が、ご自身は怪我を負われて、身動きできない状態で――」

「ああ……そんな……」

重傷なのだろうか。最悪の事態を考えたフランセットは、その場にくたくたとへたり込んでしまった。

「ちょっとあんた、どうして大事な騎士団長殿を置き去りにして、のこのこ戻ってきたのよっ」

フランセットを追いかけてきたマリアが、顔を真っ赤にしてクレール中隊長に迫った。

「それが、騎士団長閣下は、皆は早く家族の元へ戻るようにと、断固として全員の帰宅を命じられたんです。我々は断腸の思いで、衛生兵とともに現地に騎士団長閣下をお残しして――」

「この役たたず！　そういう時こそ、あんたがお側《そば》に残らないでどうするのよっ」

マリアが激怒して、クレール中隊長の襟元を掴んで揺さぶる。

「マ、マリア――だが、騎士団長閣下は、フランセット様に必ず伝えよと私にお言葉を託し、首都に戻るように厳命なさったのだ」

フランセットは血の気の失せた顔を上げた。

「私に、何を……？」

クレール中隊長はさっと起立し、告げた。

「我が妻フランセット。不覚の怪我なれど、我が命に別状なし。心配は無用。君は必ず無事に祖国へ帰り着くように。私のことは気にせず、心穏やかに帰国しなさい——そして、君に幸多からんことを心から祈る。君は私の最高にして唯一の妻であった——と」

述べているうちに、感極まったのかクレール中隊長の目から涙が滴る。

「ああ——騎士団長殿、なんてお優しいお心遣いを——」

マリアが地面にうずくまり、おいおいと泣き出した。

「オベール様……」

フランセットも胸を打たれ、目に涙が溢れてくる。

「我が妻……」

最後までそう言ってくれるのか。

涙を拭いながらマリアが立ち上がり、フランセットを抱き起こした。

「奥方様、取《と》り敢《あ》えずお屋敷に戻って、お身体を休めましょう。騎士団長殿のご意思を無駄にしてはいけません。明日はお国へ出立なのですから」

フランセットは唇を噛み締めた。胸の中に熱い激情が渦巻く。

キッと顔を上げる。

「マリア、今すぐ馬車の準備を」

「え？」

マリアがぽかんとする。

「明日の出立のために、馬車が準備されているわね。それに乗ります。すぐ出してちょうだい」

「一日早く、ご帰国なさるのですか？」

「マリア、何を言っているの？　私はオベール様の妻です。あの方がお怪我をして窮地に陥っているならどこへでも駆けつけ、あの方のお側にいて看病し力になります。クレール中隊長、到着したばかりで申し訳ありませんが、国境のその村への道案内を頼めますか？」

クレール中隊長の表情が一瞬固まった。が、彼はすぐさま姿勢を正しさっと敬礼した。

「かしこまりました！」

マリアが顔を輝かせた。

「奥方様、承知しました。半刻で馬車の準備をいたします。あんた、いいかい？　奥方様を安全に騎士団長殿のところまでお連れするんだよ！」

クレール中隊長は顎を引く。

「馬鹿、お前に言われなくても、命を賭して奥方様をお守りするに決まっている」

クレール夫妻は顔を見合わせにっこりした。

フランセットは取るものも取り敢えず、馬車に乗り込んだ。

着替えや食料等の荷物を担いだ侍従たちを引き連れたマリアは、テキパキと馬車への積み込みの指示をする。旅支度が終わると、マリアは騎乗して待機しているクレール中隊長へ歩み寄り、旅用のカバンを手渡した。

「あんた、薬やお金も入れておいたから、道中、くれぐれも気をつけてね」

「マリア、いろいろすまんな」

クレール中隊長はカバンを受け取ると、身を屈めてマリアの頬に口づけした。それから、なにかひそひそとマリアの耳元でささやく。マリアの顔がハッとしたようになり、その後赤くなる。だがすぐにマリアは真剣な顔になり、うなずいた。

「わかったよ、あんた、後は私にまかしておいて」

「それじゃ、留守居は頼んだぞ、マリア」

クレール中隊長は、馬首を返して馬車の前に進む。

「では、出立します。奥方様、最速で馬を飛ばしても三日はかかる道中です。地方の街道は舗装されてはおりません。お身体への負担がお辛いかもしれません。馬の速度は抑え気味にしますが、気分が悪くなったら、すぐに言ってください」

クレール中隊長の言葉に、窓から顔を出したフランセットはきっぱりと言った。

「わかりました。でも、私は大丈夫です。一刻も早く、オベール様の元へ行きたいの。どうか、全速力で走ってください」

クレール中隊長は心打たれたような表情になった。そして深くうなずく。

「承知しました。では、全速で走らせましょう。行くぞ！」

クレール中隊長は御者に合図をすると、馬の腹を蹴り先行して走り出す。その後を、フランセットの乗る馬車が追いかけた。

がたがた揺れる馬車の中で、フランセットは不安にはち切れそうな胸を押さえ、両手を組んで祈り続けていた。

オベールが苦しんでいませんように。オベールの怪我が悪くなりませんように。

私が辿り着くまで、どうか無事でいてください。

今行きます。妻の私が、あなたに会いに行きます。

田舎道を全速で走り抜ける旅は、しかし、口で言うほど楽なものではなかった。

過酷な振動に酔ってしまい、フランセットはほとんどの行程を、ぐったりと馬車の中で横たわっていた。

クレール中隊長は、途中、何度も馬車を止めて休憩をさせようとしたが、フランセットは頑として馬車を止めることを許さなかった。

怪我で苦しんでいるだろうオベールの身を思うと、自分の馬車酔いなどいかほどのことだろう。

一刻も早く、オベールの元に行きたい、その一心だった。

オベールを失うかもしれないと思った時、フランセットははっきり自覚したのだ。

オベールと離れ離れで生きることなどできない。

愛している。

愛している人の側で生きたい。

そして、この溢れる気持ちをなんとしてもオベールに伝えずにはいられない。

——旅の三日目の早朝、一行は国境付近に到着した。

馬車を止めたクレール中隊長は、窓からフランセットに声をかけた。

「奥方様。この先の村の外れの宿屋に、騎士団長閣下はお泊まりです。まず私が先に奥方様の訪れを知らせて——」

フランセットはやにわ扉を押し開いた。そして、手を借りることもなく馬車から飛び下りた。足がよろけて、地面に倒れ込んでしまうが、すぐに立ち上がった。

「いいえ、待てないわ。私自身で行きます」

スカートをからげて、足早に歩き出す。

「あ、奥方様、お待ちを——」

クレール中隊長が、慌てて後に従う。

すぐに村の建物が見えてきて、外れに宿屋の看板を下げた小さな一軒家が見えた。

「あそこだわ」

フランセットは息急き切って走り出す。

「奥方様、お待ちください、落ち着いてください」

クレール中隊長が背後から声をかけるが、聞く耳を持たない。

と、宿屋の入り口の扉が開き、すらりと長身の男性が姿を現した。軍服姿で、側に付き従っている兵士になにか指示を出しているようだ。

「あ――っ」

フランセットは思わず声を上げてしまう。

その声に、男がさっとこちらを振り向いた。

オベールその人だった。彼は愕然と目を見開いている。

「――フラン、セット？」

名前を呼ばれたとたん、フランセットの目からどっと涙が溢れた。

「あ、あぁ……あなた、あなた……」

震える足を踏みしめ、一歩一歩近づいていく。

呆然と立ち尽くしていたオベールは、我に返ったようにふいに大股でこちらに進んできた。

「フランセット」

「あなた……」

二人は道の真ん中で向かい合う。

フランセットはおずおずとオベールの胸のあたりに触れる。彼の力強く脈打つ鼓動が感じられ、やっと緊張感が解けた。

「あぁ、あなた、ご無事で……」

それだけ言うのがやっとで、よろよろとその場に頽れそうになった。その身体を、オベールがとっさに抱き留めた。たくましい腕の感触に、胸いっぱいに安心感が満ちた。

「なぜ？　君がなぜ、ここにいる？」

オベールの声はかすかに震えている。

フランセットは彼を見上げ、きっぱりと言う。

「あなたのお命の危機に、妻の私が安穏としておれましょうか？　この身に換えても、あなたの力になり助けたかったの」

「い、命の危機――？」

「お怪我を負われたのでしょう？　寝ていなくて大丈夫ですか？　私が来たからには、全身全霊であなたの介護をいたしますから」

フランセットは断固とした口調で告げた。

オベールは青色の瞳を信じられないというふうに見開く。

「帰国しなかったのか？」

「そんなこと、できるわけがないわ」

「なぜ——？」

フランセットは全身を満たす愛おしい気持ちを、もはや抑えることができなかった。

「だって……あなたを愛しているんです」

「——っ」

オベールは衝撃を受けたように声を失っている。

一度口にしてしまうと、身の内に溜《た》まりに溜まっていた激情がどっと堰《せき》を切って溢れ出た。

「あなたを心から愛しているの、オベール。嘘なんかじゃない。ずっとずっと、きっと、最初に出会った時から、あなたのことだけを愛していたんだわ」

「——」

オベールは無言のまま、瞬《まばた》き一つせずこちらを凝視している。

「でも、私は傷ものの払い下げられた貧乏国の王女——あなたが寛大な心で引き取ってくださった気持ちに、それ以上は甘えることはできないと思ったの。私の愛情なんて、あなたには重荷になるだけだから。だから、だから、ずっとずっと言えないでいたの——」

ふいに呪縛から解き放たれたかのように、オベールの表情がくしゃっとせつなく歪んだ。

「フランセット、フランセット、私だって、私こそ——」

ぎゅうっと折れそうなほど強く抱きしめられ、息が詰まった。フランセットの髪に顔を埋めたオベールは、ため息とともにささやく。

「ずっと君を愛していた——初めて出会った時から、本気で、心から」

フランセットは言葉を失った。

オベールの言ったことがしばらく理解できなかった。

やがて、甘く痺れるような歓喜が全身を支配した。

「ほんとうに？……ほんとうですか？」

嗚咽で声が掠れる。

はち切れそうな喜びで、心臓が壊れそうなほどドキドキしている。

「ほんとうだ。愛している」

「同情、ではないの？」

「これからも、この先も、私の妻になる女性は、君しかいない、君だけだ、君だけを愛している」

「あ、ああ……」

震える両手を持ち上げ、オベールの頭を掻《か》き抱《いだ》く。

「あなた、あなた、好き、愛している、愛しています」

「フランセット、我が妻、私の愛しいひと」

二人はもう二度と離れないとばかりに、きつくきつく抱き合った。

フランセットは甘やかな至福に包まれ、もうここで死んでしまってもいいとすら思った。

ふいに、オベールが怪我を負っていることを思い出す。慌てて身を引こうとした。

「あ、あなた、お怪我をなさっているのでしょう？　どうか、早く横になられた方が……」

「――怪我？　ああ、怪我か」

オベールはそっと腕を解き、上着とシャツを捲り上げて左上腕を見せた。湿布が巻かれていた。

「軽い火傷《やけど》だ。たいしたことはない」

「え……そうなんですか？　ああ、それはよかったわ」

心から安堵するとともに、少し不審に思う。

「で、でも、クレール中隊長は、起き上がれないほどのお怪我だと伝えて来たわ。だから私は、重傷だと思い込んでしまったのに」

「うむ――そ、それは」

オベールが急に視線を逸らし、気まずげに口ごもる。

突然、背後から控えめにクレール中隊長が口を挟んだ。

「ええおほん、それは騎士団長閣下がそう奥方様にお伝えしろと命令なさったからです。騎士団員たちも口止めされて、決して私が偽った訳ではございません」

フランセットは目をぱちぱちさせてオベールの顔を見上げる。

「なぜ？　どうして、そんなことを？　あなた？」

オベールの目元がほんのり赤く染まる。彼はぼそりと言う。

「それは――君が祖国に出立するのを、見送りたくなかったからだ」

「え？」

「目の前で君が去っていくのを、心穏やかに見送ることなど、到底できない。激情にかられて、君を引き戻し、もう二度とどこにもいかないよう、閉じ込めてしまったかもしれない」

「ま――ぁ」

「だから――距離を置いたんだ。君は私に負い目があって必死によい妻を演じていたと思っていたから、祖国へ戻った方が幸せになると考えたんだ」

それからオベールはクレール中隊長を恨めしげに睨む。

「お前には、フランセットが無事祖国へ出立するのを見届けろと、命令したはずだろう？」

クレール中隊長はとぼけた顔で答えた。

「ええと、そうでしたかね？　ですが、騎士団長閣下、奥方様がどうしても祖国へ帰らない、今すぐあなたの元へ行くと言い張られるのですから、逆らうことはできませんよ。私はその時に確信したんです。奥方様もあなた様を心から愛しておられるのだと。そうなったら、もうあなた様の元へお連れするしかないでしょう？」

オベールとフランセットは言葉を失う。

クレール中隊長はおどけて肩を竦めた。

「まあ、騎士団の皆は初めからわかっておりましたがね。騎士団長閣下が、奥方様に夢中だってことは。もう見え見えで。気がつかないのは、肝心の奥方様だけ。そりゃもう、皆やきもきしてましたとも」

オベールとフランセットは顔を見合わせ、同時に赤面した。

オベールは軽く咳払《せきばら》いし、言った。

「クレール中隊長、私は忠実な部下を持って幸せだ」

クレール中隊長はさっと敬礼した。

「お褒めに預かり光栄です」

三人はふふっと笑いを漏らす。

それからフランセットとオベールは見つめ合い、心から笑う。

二人はもう二度と離れないというように、しっかりと手を握り合っていた。

その晩、フランセットはオベールと同じ部屋に泊まることになった。

オベールはこぢんまりとしているが清潔で居心地のよい部屋にフランセットを通すと、ソファに座るように言い、暖炉に薪《まき》をくべ始める。

「ここらは夜は冷える。すぐに部屋を暖めてあげようね」

フランセットは暖炉の前にしゃがみ込んいるオベールの広い背中を見つめているうちに、やるせない思いに駆られ、背後からそっと彼に抱きついた。

「フランセット――」

「どうかしばらくこのままで――あなたの温《ぬく》もりを感じていたいの」

オベールは無言でじっとしてくれた。

ぱちぱちと暖炉の火が弾け、薪に赤々と炎が燃え上がる。

「もう、離れません、二度と」

彼の背中に顔を埋めてくぐもった声でつぶやく。

オベールが喉の奥でぐうっと低い声で唸る。

やにわに彼は振り向きざまにフランセットの身体を抱きしめた。

「ああ夢のようだ――君に愛される日が来るなんて」

しみじみと言われ、フランセットの身体の芯が甘く蕩ける。

「私もまだ夢を見ているようです。あなたが私などを愛してくれていたなんて」

顔を上げ、自分からオベールの唇に自分の唇を押し付けた。そして暖炉の炎に照り映えて、赤く染まっている鼻梁や頬にも口づけを落としていく。

「好きです、あなたのなにもかも、どこもかしこも、愛しています」

「フランセット」

オベールも口づけを返そうとし、ふと動きを止めた。

「クレール中隊長が、君は三日三晩馬車を飛ばして来たと言っていた。今夜はもうこのまま、ぐっすりと休むといい」

　フランセットの身体のことを第一に気遣ってくれるオベールの優しさに、胸がじんとする。そして彼への愛情がさらに強くなるのを感じた。

「いいえ、あなたのお元気な姿を見たら、旅の疲れなど吹き飛んでしまったわ。離れ離れの間、どんなにあなたのことを夢見て、あなたとの甘い夜を思い出したでしょう。あなた、私、今すぐあなたが欲しいの」

「っ――」

　オベールの綺麗な片眉が跳ね上がった。

「清楚な君の口からそんな殺し文句が出ては、恋する男はひとたまりもないよ――では」

　オベールはフランセットを横抱きにして、ソファに運ぶ。そしてフランセットの前に跪き、ドレスを脱がせていく。

　気持ちは逸《はや》っているはずだが、彼は焦らすみたいにゆっくりと一枚一枚剥いでいく。その動きだけで、フランセットの下腹部は、期待と興奮で疼いてしまう。

　一糸まとわぬ姿にされ、裸足《はだし》の足の爪先に、軽く口づけされた。その擽ったさも、これからされるだろう行為への淫らな期待を煽る。

　ところがオベールは、一歩後ろに下がってしまう。

　彼は妖艶な笑みを浮かべて言った。

「では、私との甘い夜を思い出し、自分で慰めてごらん」

「え……」

フランセットは戸惑う。

オベールがにこりとする。

「いつも私が指で君にして上げていることを、自分でするんだよ」

「っ、そ、そんなこと……」

全身が羞恥で熱くなった。

「これまで、したことはなかった？」

顔を覗き込むようにして尋ねられ、顔が真っ赤になった。

オベールと離れ離れで過ごした日々、時々どうしようもなくせつなくなって、秘所に触れてみる真似事《まねごと》はしたことがあった。だが、それ以上は恥ずかしくてできないままだったのだ。

「さ、触ってみたことは……でも、それだけです」

オベールが嬉しげに笑う。

「正直で可愛いね。では、今夜はイクまで存分に触って見せてごらん」

「そ、そんなこと……はしたないです」

「私の前だけは、はしたない君になっていいんだ。君のすべてを、私に見せて欲しい」

情欲に掠れた声で懇願され、すでに淫らな気持ちが昂《たか》ぶっているフランセットは、それ以上拒むことはできなかった。

そろそろと両足を開く。

開いた秘所に外気が触れると、その刺激だけで媚肉がとろりと濡れてしまうのがわかる。

「もう濡れている。もっと足を開いて、花弁に触ってごらん」

艶かしい声に誘導され、フランセットはそろそろと秘所に手を下ろしていく。

自分のひんやりした指が花弁に触れただけで淫らな痺れが走り、腰がびくりと浮いた。

「ぁ」

「そう、そのままいじって」

「は……はい」

指先で捩れ合った陰唇を撫でてみる。ぬるっと滑る感触の猥りがましさに、息が詰まる。愛液のぬめりを借りておずおずと花弁を上下に撫でさする。擽ったいような疼くような感覚が迫り上がってきた。

「あ、ん、んあ、ぁ……」

初めは花弁の端をおそるおそる触れていたのだが、指が滑って花弁のあわいに触れると、そこがずきずきするほど疼いているのがわかった。

くちゅりと蜜口の中に指を押し入れると、待ち焦がれた刺激にきゅっとそこが締まる。

「ん、ぁ、あ、ん」

自分の胎内がこんなに複雑な造形をしているのを初めて知る。しかも、別の意思を持った生き物のように、指の刺激に反応してぬめぬめとうごめく。

「すごくいやらしいね、いいよ、ほら、君の一番感じてしまう小さな粒にも触れてごらん」

「ん、は、はい……」

ぬめりを帯びた指で、花弁の上の方に佇む陰核に触れる。じん、と痺れる疼きに白い肌がみるみる熱を帯びて桃色に染まっていくのがわかる。

「あ、あぁ、あん、んんぅ」

最初は柔らかだった花芽が、円を描くように転がしていると次第に芯を持って勃ちあがってきて、強い快感を生み出す。甘い痺れが小さな突起から全身に広がっていく。

「あっ、あ、は、はぁ、あ」

自分を慰めているところをあますところなく見られているのに、気持ちよくて手を止めることができない。莢《さや》を押し上げて、ぷっくりと充血した秘玉が剥き出しになり、そこをころころ転がすと、凄まじいほどの愉悦が襲ってきた。

「ああ、や、あ、これ、あ、だめ……っ」

触れるたびに痺れる快感の強さに、びくびく腰が跳ねてしまう。これ以上感じてしまう恐ろしさに、思わず手を止めそうになる。

「だめだ、やめないで、好きなだけ感じるんだ、フランセット」

すかさずオベールに言われ、慌てて手をうごめかす。興奮に尖った陰核を撫で回しているうちに、触れてもいない乳首がツンと勃ち上がって、痛いほど疼き出す。そこも慰めたくてしかたない。

「は、はぁ、は、はぁ……ぁ、あなた、あなたぁ……おっぱいに、触ってもいい？」

涙目でオベールを見つめる。

オベールは嬉しげに目を眇めた。

「もちろんだ、君が気持ちいいように好きなだけ触ってみせて」

「ん、ふぅ……んん」

片手で秘玉をいじりながら、手から溢れんばかりの乳房に触れ、硬く尖った乳首を指先で抉るように刺激した。ぴりっと激しい疼きが下肢に走り、隘路から新たな蜜がとろりと吹き零れた。

「はあっ、あ、や、これ、あ、あぁ、だめ……ぇ」

乳首と陰核へ同時に触れると、目も眩むような媚悦が襲ってきて、手を止めることができない。乳首をクリクリと抉りながら、同じリズムで秘玉をころころと捏《こ》ねると、信じられないくらい気持ちよかった。

「あぁ、んん、あ、はぁ、あぁ、やぁ、あぁ、感じちゃう……ぅ」

もはや見られている恥ずかしなど忘れ、淫らな指戯に耽《ふけ》っていた。

程なく、耐えきれないほどの快感が押し寄せ、腰がはしたなくくねった。

「や、あ、あなた、やぁ、イっちゃう、イっちゃいます……っ」

フランセットは助けを乞うように、涙目でオベールを見つめる。

「秘玉の刺激だけでイキそうかい？　いいよ、イってしまいなさい」

オベールが誘惑するような甘い声で言う。

「あ、やぁ、一人で、そんな……あ、あぁ、や、やぁ」

一人で達してしまう恥ずかしさともどかしさに、フランセットはイヤイヤと首を振ったが、もはや追い詰められた劣情は止めることができなかった。

くちゅくちゅと卑猥な水音を立てて、指の動きを速めた。

ぱんぱんに膨れた陰核を捏ね回すたび、腰がひくひくと痙攣する。開いた両足に力が籠り、爪先がきゅうっと丸まった。

真っ白な閃光が目の前で弾け、限界に達する。

「あ、あぁ、あ、やぁ、だめ、あ、も、あ、もう、あ、イっちゃ、イっちゃうぅうううっ」

フランセットは幼子のような泣き声を上げて、全身を硬直させた。

「……ぁ、ああ、あ……ぁ……イっちゃった……ぁ、あ」

フランセットは短い呼吸を繰り返しながら、絶頂の余韻を噛み締めるように、秘玉を撫で回し、感じ入るたびにぴくんぴくんと腰を跳ね上げた。

気持ちよかったはずなのに、隘路の奥は媚肉を巻き込むようにざわざわ蠕動し、そこへの刺激も求めてくる。もっともっと満たして欲しい。だが、奥へ自分の指を挿入するのは、少し怖くて躊躇《ためら》ってしまう。

「ぁ、あぁ、あなた……あなたぁ」

フランセットは腰を誘うように揺らして、オベールに懇願する。

「ん？　なんだい？　フランセット」

わかっているくせに、オベールはとぼける。

「いじわる……ね」

フランセットは恨めしげに彼を睨む。

オベールはにやりとする。

「ふふっ、そんな色っぽい目で睨まれても、少しも怖くないな。いいから、中へも指を入れて。いつも私が君にして上げているだろう？　自分の感じるところを探してごらん」

「う、ぅう……」

口惜しさに唇を噛むが、内壁の飢えは抑えがたいほど高まり、フランセットはおずおずと濡れ襞を掻き分けて、内壁に指を押し入れた。

「あ、ああん」

熱い柔襞が待ってましたとばかりに、フランセットの指を締め付けた。思ったよりずっと力強い動きだ。蜜壺がぎゅうっと指に吸い付くと、深い快感が押し寄せる。

「はぁっ、あ、あぁ、あ」

白い喉を仰け反らし、甘いため息を漏らした。

「奥を探って。裏側の膨れた天井を押し上げると、君はいつもダメになってしまうほど感じるだろう?」

言われるまま、胎内を指でまさぐる。思い切って指を根元まで挿入し、飢えている箇所を探り当てる。

「ん、あ、あぁ、あ、こ、ここ……感じる……」

指の腹で感じやすい箇所をそっと押し上げてみる。

そこからせつないくらい重苦しい愉悦が浸《し》み出して、内壁から腰骨、下肢、背骨を伝って脳芯まで甘く蕩かしていく。

「ひっ? あっ、あ、あ、ああ、熱い、あぁ、なんか、だめ、だめぇ」

そうか。ここをいつもオベールの硬く熱い切っ先で抉られると、あられもなく乱れてしまうのか。一人で乱れている姿を晒して、死にたいくらい恥ずかしいのに、指の動きを止めることができない。

もっと指を締め付けたくて、ひとりでに足が閉じ合わさり、ぎゅうっと強くイキんだ。耐えがたい喜悦が襲ってきて、全身が再び硬直する。

「んんぅ、んん、ん、ああ、やだ、も、あ、もう、あ、も、う、イクっ……ぅううっ」

長く尾を引くか細い悲鳴上げ、フランセットははしたなく果ててしまう。

「……あ、は、はぁ……はぁ、はぁあ……」

熱を帯びた肌が粟立《あわだ》ち、汗が全身から吹き出した。

まだ蜜壺はきつく指を締めて、いじましいほど快感の名残を味わおうとしていた。

「素敵だ、フランセット、一人で達してしまったね。なんて淫らでいやらしい姿だろう」

オベールが興奮で掠れた声を出す。

「いやぁ、こんな私……見ないで……ぇ」

フランセットは顔を背けて、目を伏せる。

初めての自慰で猥りがましく達してしまい、恥ずかしくていたたまれない。

「恥じることはない。ここまで全部私に晒してくれる君って、なんて愛おしいのだろう。可愛いよ、可愛くてたまらないよ」

オベールが手を伸ばし、汗ばんだフランセットの頬に張り付く後れ毛を優しく掻《か》き上《あ》げてくれる。硬い節高な指の感触に、達したばかりの下腹部がずきんと疼く。

「あ、あふぁ、あなたぁ」

フランセットは顔を動かし、オベールの指を口に咥え込んだ。

そして濡れた舌先で彼の指を甘えるように舐めしゃぶる。

指先から指の間まで、一本一本丹念に舐め回した。

「んふぅ、ふぅん……」

猥りがましい舌の動きに、オベールの手がぴくりと震えた。

「――フランセット」

おもむろにオベールが指をぐっと口腔の奥へ突き入れてきた。節くれだった指が口中をくまなくまさぐってくると、喉奥からじんじんした淫らな疼きが湧き上がる。

「あふぁ、ふ、ふぅ……」

「指の腹に舌を這《は》わせてみるんだ」

言われるまま、濡れた舌を彼の指にまとわりつかせる。オベールがゆっくりと指の先端を、フランセットの口内に出し入れする。性行を暗示させるような動きに、フランセットの身体の芯が熱く疼き、蜜口から恥蜜がとろりと吹き零れる。

「んぐ、ふ、はぁ……ぁ」

口の端から嚥下し損ねた唾液が溢れ、フランセットは苦しげな涙目でオベールを見つめる。

「舌使いが上手だね。その目、たまらない、もう――」

オベールは唾液でぬらつく指を引き抜くと、トラウザーズの前立てを緩めた。猛《たけ》り切った雄茎の造形に、フランセットの媚肉が刺激されてひくひく戦慄《わなな》く。

オベールはフランセットの身体を抱き寄せ、絨毯の上に仰向けになり互い違いの形の体位に

なった。

「あ」

自分の股間がオベールの顔の上に被さる形になり、いつもと違う角度から自分の秘所が丸見えになってしまう。

それより、自分の目の前の太くそそり勃つ屹立の迫力に目を奪われる。傘の開いた先端の割れ目から透明な先走りがひっきりなしに吹き出している。濃厚な雄の香りに、フランセットは噎《む》せかえりそうだ。

「君の花びら、自慰で真っ赤に腫れ上がって、卑猥に私を誘っている——存分に舐めてあげよう。君も私のものを舐めてくれるか？」

「っ——」

こんな恥ずかしい体位で口戯をしたことなどなく、恥ずかしくていたたまれない。

しかし、オベールが先にフランセットの股間に顔を寄せてぴちゃぴちゃとはしたない音を立てて舐め始めると、全身が官能の興奮に支配されてしまう。

両手でオベールの根元を支え、膨れた先端をそっと口に咥え込んだ。

口いっぱいに先走り液のかすかな塩味が広がっていく。

「んん、んんぅ……ん」

舌先で先端をちろちろと舐め回し、肉幹に浮き出た太い血管に沿って、ゆっくり舌を舐め下ろしていく。

フランセットの愛蜜を啜り上げていたオベールが、深いため息をついた。

「ふ——悦い、とても悦い」

オベールのそんな悩ましい声を聞くと、フランセットの胸が妖しくときめく。

初めはおずおずと舌を使っていたが、次第に大胆な舌使いになる。

「ん、んふ、ちゅ……っふぅ」

喉奥まで肉棒を呑み込み、裏筋に舌の腹を押し付けるようにして、上下に頭を振り立てた。

オベールの先走りと自分の唾液で赤黒い怒張がぬらぬらと光り、凄みすら感じさせる。

こんな凶悪で大きなものが、自分の胎内に侵入してくることを思い浮かべるだけで、媚肉がきゅんきゅんうごめいて、新たな蜜を吐き出してしまう。

「ふ——私を咥えただけで感じているね、はしたない蜜がどんどん溢れてくるぞ」

オベールがくぐもった声で言い、フランセットの鋭敏な花芯をちゅうっと強く吸い上げた。

「ひぁ、あぁぁあっ」

自分でさんざんもてあそんだ陰核を吸い上げられて、一気に絶頂に飛びそうになった。思わず肉茎を吐き出して、びくびくと腰を跳ね上げてしまう。

「ほら、続けて。君の口の中、最高に気持ちいい。もっと舐めて」

促され、再び剛直を口に含み、舌をうごめかす。

慣れない行為に顎がだるくなってくるが、オベールを感じさせたくて、健気《けなげ》に舌を這わし続けた。

「フランセット――括れの裏側あたりを舐めてくれ」

オベールが呻くように言う。

言われたように、亀頭と裏筋の繋《つな》ぎ目《め》の括れに沿って、擽ぐるように舌を這わせる。すると、口の中でオベールの欲望がびくんと震えた。ここが彼の一番感じる部分だろうか。

夢中になってそこばかりを舌先で弾《はじ》いたり、ねっとり舐め回したりする。

「んふう、ふ、はふぅ……んんぅ」

「ああ――君って人は、ほんとうに私をおかしくさせる。普段は清楚で慎ましいのに、私の前だけ、淫らでいやらしいことも悦んでしてくれる。君に溺れてしまいそうだ」

オベールが感極まった声を出す。さらに肉槍が反り返り、フランセットの口中で暴れる。

「は、ふぁ、は、はぁ、あふ……ぁ」

その力強さに、劣情が昂ぶってしまう。

もっと強く、もっと激しく。

この熱い欲望の屹立で、胎内の奥まで突き上げて欲しい。

「んぅ、は、はぁ、あなた、あなたぁ……」

腰が物欲しげに揺れてしまう。ついに耐えきれず、肉茎を吐き出すと片手で扱きながら、すがるようにオベールを呼んでしまう。

　オベールは戦慄く蜜口から唇を離し、指先で媚肉をあわいをぐちゅぐちゅとかき回しながら、掠れた声を出す。

「私が、欲しいか？」

「ぁ、あぁ、欲しいです、あなたの、これを、私の中に……っ」

　フランセットは、片手では握りきれない太竿をぬるぬると扱きながら声を震わせる。

「フランセット――っ」

　やにわオベールは身を起こし、フランセットを抱き上げると体位を入れ替えた。絨毯の上に仰向けに押し倒される。

　フランセットは両足を自ら開き、オベールを受け入れ態勢を取る。

「あなた」

「フランセット」

　オベールの滾る肉茎の先端が、濡れ果てた花弁をぐぐっと割り開く。

「はあっ、ああああっ」

　硬い屹立が濡れ襞を埋め尽くし、子宮口の近くまでぐぐっと突き上げてくる。やっと満たされた満足感に、フランセットは大きく息を吐いた。膣壁が快感に悦びきゅうきゅう収縮を繰り返す。

「は――これはもたない」

肉棒を根元まで深々と埋め込んだオベールが苦しげに呻いた。

彼はフランセットの両足を抱え上げると、ぐりぐりと大きく揺さぶりをかけてきた。

「ひ、あ、激し……あぁ、あ、すご、い、あぁ、すごい……っ」

与えられる愉悦に歓喜した濡れ襞が、太竿を強く締め付ける。そのたびに、子宮の奥から目も眩むような絶頂が襲ってくる。

「んく、ひあぁ、あ、壊れ……あぁ、こんなに、だめに、あぁ、だめぇ……っ」

熱く憤った男根で深く貫かれ、感じやすい箇所を擦り上げられ、甲高い嬌声がとめどなく唇から溢れ、腰がみだらにくねる。

「く――フランセット、そんなに締めては――くそ――っ」

オベールが苦しげに顔を歪め、フランセットの締め付けに負けじとばかりに雄々しく腰を穿ってきた。

「ひあぁ、あ、イク、あ、また、イっちゃ……あぁ、だめ、あぁ、止まらないのぉ……」

フランセットは断続的に襲ってくる強烈な快感に我を忘れ、はしたないイキ声を上げ続ける。

「ああフランセット、愛している、私の妻、私だけのフランセット」

オベールはくるおしげに名前を呼び、力任せに灼熱の肉楔を打ち込んでくる。

「あぁ、あなた、あなた、愛しています、あなたぁ」

フランセットも呼応し、すらりとした両足をオベールの腰に絡ませ、さらに結合を深めた。与えられる苛烈な媚悦に脳髄まで蕩けそうで、もう気持ちいいとしか考えられない。

「あ、あぁ、あ、も、あ、もう……あぁ、あああぁぁあぁっ」

視界が真っ白に染まり、浮遊感に意識が薄れる。

「──フランセット──っ」

フランセットの膣奥にぐっと引き込まれたオベールの雄竿がぶるりと大きく脈動した。

「く──出るっ」

オベールが低く唸り、熱い欲望の奔流をひくつく粘膜の中へ吹き上げていく。

「は、ぁ、あ、あ、ぁ、熱いの……ぁ、あぁ……ぁ」

大量の白濁液が結合部からとぷりと噴《ふ》き零《こぼ》れる淫らな感触に、フランセットは背中を仰け反らせる。

「──はあ──は、はあ」

荒い呼吸を繰り返しながら、オベールが動きを止める。

「……ぁ、は、はぁ……ぁ……」

全身全霊を出し尽くしたフランセットは、ぐったりと四肢を弛緩させた。

蜜壺だけが貪欲にひくんひくんと収斂し、萎えていくオベールの肉棒を包み込む。

「ふ──う」

満足げなため息を漏らし、オベールがずるりと濡れそぼった陰茎を引き抜くと、さらに溢れた白濁液が股間をいやらしく濡らした。

「——フランセット」

汗ばんだオベールが覆い被さってきて、フランセットの細く白い首筋を強く吸い上げた。

「っ」

鋭い痛みに顔をしかめる。

「そら、私の刻印が付いた」

オベールは言いながら、フランセットの首筋と言わず胸と言わず、そこらじゅうの肌を繰り返し強く吸い上げた。

白い肌に花弁のような赤い痕が点々と散る。

「ここもここも、どこもかしこも、君は私だけのものだ」

「ああ……あなた、嬉しい……」

フランセットは愛おしげにオベールの頭をかき抱いた。

互いに想いを通じ合わせた男女の営みが、こんなにも満ち足りたものだったなんて。

目も眩むような至福に包まれ、二人は二度と離れないとばかりに固く抱き合っていた。


数日後。

すべての内乱後の処理を終えたオベールは、クレール中隊長の先導の元、フランセットを伴って帰路についた。

行きは一刻も早くオベールの元に辿り着きたくて、夜を日に継いで馬車を走らせてきたが、帰りはゆったりとした行程だった。オベールは自分の馬を使わず、フランセットと同じ馬車に乗ってくれて、終始二人は寄り添っていた。

二人は行く先々の風光明媚《ふうこうめいび》な場所で馬車を降り、観光を楽しんだ。

払い下げられた再婚ということもあり、フランセットは結婚式も新婚旅行も遠慮していたので、まるで新婚旅行のような気分になる。

でも、フランセットは愛するオベールの側にいられれば、何も望むことはないと思った。

一週間後、首都に到着した。

オベールは王城の正門玄関前に馬車を止めさせた。

「フランセット、私はまず今回の村々の反乱の経緯を国王陛下にご報告してくる。君は先に屋敷に戻って寛いでいなさい」

フランセットは首を横に振った。

「いいえ、私もお伴します。あなたと結婚して以来、国王陛下にきちんとご挨拶しておりません。あなたのお仕事が済みましたら、一緒にご挨拶させてください」

オベールはうなずいた。

「わかった。では君は城の控えの間で待っていなさい。報告が終わったら、君に声をかけるから」

オベールはフランセットに手を貸して馬車から下ろした。

「クレール中隊長、私たちは国王陛下に御目通《おめどお》りする。お前は先に宿舎に戻り、部下や侍女たちに我々の帰宅を知らせてくれ」

オベールにそう命令されたクレール中隊長は、

「承知しました。ごゆっくりどうぞ」

と答えると、馬の首を返して城の奥の騎士団員の宿舎を目指して行った。

オベールはフランセットの手を取り、微笑む。

「では、行こうか」

「はい、あなた」

その後、フランセットは国王の謁見室に隣り合わせにある控えの間のソファに座り、オベールを待っていた。

報告には思ったより時間がかかっているようだ。

だがフランセットはオベールのことを想うだけで幸せで、時間が経つことも気にならなかった。

「おや？　あなたはもしや、あの時の王女かね？」

がらがらした声が突然聞こえ、フランセットはハッと我に返った。

戸口にぬうっとジェラーデル侯爵が立っていた。

フランセットは心臓がきゅうっと縮み上がったが、そんなそぶりは見せずに素早くソファから立ち上がり頭を下げる。

「お久しぶりでございます。宰相閣下」

「ふむふむ、最初の晩のあの時以来かの」

ジェラーデル侯爵は、ポンパドール伯爵夫人の舞踏会で出会っていたことは記憶にないようだ。フランセットはこのまま彼が控えの間を立ち去ってくれるよう心の中で念じた。

だが、ジェラーデル侯爵は扉を閉めると、ずかずかと中に入ってきた。

まだ日が高いというのに、顔が赤く呂律《ろれつ》が怪しい。酔っているのだ。

「顔を上げよ」

偉そうに言われ、フランセットはおずおずと顔を上げる。

ジェラーデル侯爵の目の色がさっと変わる。

「これは――ずいぶんと化けたものだな。あの時の田舎臭い小娘とは別人のようだ。ジャンヌがあなたのことを目立ちすぎるとかぶつぶつ文句を言っていたが、確かにこの城内のどの貴婦人よりも美しくなっているではないか」

ジェラーデル侯爵の酒臭い息が顔にかかるほど近づかれ、フランセットは思わず後ずさりした。するとさらにジェラーデル侯爵は迫ってくる。

「あ」

フランセットは背後のソファに足がぶつかり、尻もちをついてしまう。そこを囲い込むように、ジェラーデル侯爵はソファの背もたれに両手をかけた。

「これならば、あの時に無理にでも処女をいただいておけばよかったかな？　いやだが、人妻になったからこその色気かもしれぬな」

フランセットは屈辱で頭が真っ白になる。

「ど、どいてください。侯爵様、どうか――」

消え入りそうな声で懇願する。

「そんなに怯えることもなかろう？　あの若造の甥っ子に毎晩可愛がられているのだろう？　何も知らぬ生娘でもあるまいし」

ジェラーデル侯爵のねっとりした手が、フランセットの頬に触れた。

「ひ――やめて……」

初めて出会った日の、無理やり犯されそうになった時の記憶が蘇り、恐怖で全身が硬直してしまう。

「楽しもうぞ。私は人妻を悦ばすのは得意だ」

ジェラーデル侯爵は好色な薄ら笑いを浮かべ、フランセットの肩に手をかけた。

「やめ……離して……」

フランセットは必死にジェラーデル侯爵の身体を押しのけようとした。だが、フランセットの三倍の体重はあろうかと思われる肥満した彼にのしかかられ、身動きできない。

そのまま、ソファに押し倒され、身体の上に跨られてしまう。

「やめてください、やめて、誰か……」

必死で声を上げようとすると、大きな手で口と鼻を強く塞がれた。息が詰まって、気が遠くなる。

「ぐ……ぅうっ」

「うるさいな、王弟であり宰相である私に逆らうのか？　あなたの夫の立場を考えるがいい」

フランセットは涙で潤む目で、野卑なジェラーデル侯爵の顔を睨む。

こんな男にいいようにされるくらいなら、隙を見て舌を噛んでしまおうと思った。フランセットの抵抗が止まったのを、観念したと勘違いしたジェラーデル侯爵が、得々とした声を出す。

「さあいい子だ、すぐに気持ちよくさせてあげるからね」

彼のもう片方の手がドレスのスカートを捲り上げようとした。

フランセットは絶望感にぎゅっと目を瞑る。

直後、ドスッという鈍い殴打音と共に、ジェラーデル侯爵の巨体が勢いよく部屋の隅に吹っ飛んだ。

「うぎゃああっ」

ジェラーデル侯爵はカエルが踏み潰されたような悲鳴を上げて、床に転がった。

身体の重しが消えたフランセットは、瞬間的に起き上がった。

「フランセット！」

力強いオベールの声が聞こえ、彼が身体をしっかりと抱き締めてくれた。

「あなた、あぁ、あなたぁ……」

フランセットは無我夢中にオベールの腕にしがみつく。

「すまない。一人にして。さぞ怖かったろう、許せ」

オベールの手が背中を撫でてくれる。

その大きな掌の感触の温かさに、恐怖と混乱が徐々におさまっていく。

「もう大丈夫です、あなたが助けてくださって、何事もありませんでした……」

「危ういところだった」

二人は愛情を込めて一途《いちず》に見つめ合う。

「うぅ、くそお、王弟を殴るとは、貴様いい度胸をしているじゃないか」

苦しそうに顔を歪め床に這いつくばったジェラーデル侯爵が、膨れ上がった左頬を押さえて憎々しげに言う。

オベールはフランセットを自分の背後で庇《かば》うようにすると、すらりと腰の剣を抜いた。

彼は地を這うような恐ろしげな低い声を出す。

「叔父上、貴殿のこれまでの数々の不道徳な行為、私は内心腹に据えかねていた。だが、国王陛下の弟であられると、ずっと我慢をしてきたのだ。しかし、最愛のフランセットに手をかけようとしたことだけは、許すわけにはいかない」

オベールは剣を構えて、一歩前に進み出た。

オベールの全身から吹き出す殺気を感じてか、ジェラーデル侯爵の顔色は紙のように白くなった。

彼は尻もちをついたまま、ずりずりと後ろへ逃げる。

「ま、待て、待て、城内で流血騒ぎなど起こしたら、お前は国外追放だぞ、早まるな！」

オベールは無言で前に出る。

「もう、そこまでにするがいい。シュバリエ公爵」

ふいに背後から落ち着いた深みのある声がかけられた。

フランセットは振り返って、あっと声を上げてしまう。

「国王陛下――！」

上品な口髭をたくわえた知的な顔立ちで、金の王冠を被った男性が立っている。全身から王者の風格と威厳が滲み出ていた。

フランセットはさっとその場で最敬礼した。

「陛下――しかし――」

オベールはマルモンテル国王陛下に顔を向け、納得し難い表情をしたが、剣は鞘に収めた。

ジェラーデル侯爵は安堵したような顔になり、マルモンテル国王陛下に言い募る。

「あ、兄上――この若造が、儂に無体な真似《まね》を働いたのだ。厳罰に処してくれ。国外追放じゃ」

「――我が弟よ」

マルモンテル国王陛下はゆっくりと進み出た。

「追放されるのはお前の方だ」

「え？」

ジェラーデル侯爵が狼狽《うろた》えたように目をぎょろぎょろさせた。

マルモンテル国王陛下は怒りを抑えたような表情で言う。

「私は弟であるお前のことを思い、これまでほとんどの不品行に目を瞑り庇ってきた。お前を宰相の地位に置き結婚をすすめたのも、すべてお前に王族として自覚を持って欲しいからだった。だが――今度ばかりは見過ごすわけには行かぬ。民たちを搾取することだけは、断じて看過するわけにはいかない」

ジェラーデル侯爵は、マルモンテル国王陛下の厳格な口調にがたがた震えはじめた。

オベールはジェラーデル侯爵の前に立ち、冷徹な声で言う。

「ジェラーデル侯爵、あなたは宰相の地位を利用して、地方の村々に不当な高税率で税を取り立て、中抜きし、国庫には国王陛下が定めた税率分だけ納めていましたね。理不尽な税の取り立てに苦しんだ民たちが、やむなく反乱を起こしたのだ。彼らはむしろ被害者です」

ジェラーデル侯爵はしどろもどろになる。

「し、知らぬ。わ、儂はなんの関わりもない」

オベールが懐からひと綴《つづ》りの書類を取り出した。

「私は以前から、あなたの使う金の動きに不審なものを感じ、調べていたのです。あなたが国に提出している収入と、実際に使われた金の支出の数字が大きくずれていた。この報告書と、反乱を起こした村々の調査の結果を、私は先ほど全部国王陛下にお伝えした。あなたは汚い手段で民から搾取し、享楽的な生活費にあてていたのだ。このような悪行を、私も王族の一人として許すわけにはいきません！」

断固としたオベールの強い言葉に、ジェラーデル侯爵は反論する術もなく、あんぐりと口を開けたままだった。

マルモンテル国王陛下が、静かだが威圧感のある口調で告げる。

「お前の全財産を没収し、国外追放にする。大陸の西の砂漠地帯に、我が国が所有している幾ばくかの土地家屋がある。そこに行くがいい。肉親としての最後の温情で、生活できるだけの年金は支払おう」

「あ、兄上――！」

やにわにジェラーデル侯爵は床に額を擦り付けて平伏した。そして号泣しながら懇願した。

「許してくだされ！　ごしょうだ、心を入れ替える！　どうか許してくだされ！」

マルモンテル国王陛下は、哀《かな》しみのこもった眼差しでジェラーデル侯爵を見下ろした。そして、ぽつりと言う。

「もう、遅すぎる。手遅れなのだ、弟よ」

ジェラーデル侯爵は恥も外聞もなく、わあわあと泣《な》き喚《わめ》いた。

マルモンテル国王陛下は、おもむろにフランセットに顔を向けた。

「シュバリエ夫人、ほんとうに失礼をした。弟に代わり、私が誠意を込めて謝罪をする」

フランセットは首を振る。

「もったいないお言葉です、陛下。私なら大丈夫です。夫が――シュバリエ公爵が私を必ず守ってくださいます。私は夫を心から愛し、信頼しておりますから」

するとオベールがフランセットに寄り添い、そっと腰を抱いた。

「その通りです、陛下。私は妻を命に代えても愛し、守り抜きます」

マルモンテル国王陛下が眩しそうに目を細める。

「そうか。お似合いのよい夫婦である。二人の未来に祝福を与えよう」

それだけ言うと、マルモンテル国王陛下は床に這いつくばっているジェラーデル侯爵を一顧だにせず、毅然《きぜん》として控えの間を去って行った。

「――私たちも、帰ろう」

オベールはフランセットにささやき、庇うように引き寄せて歩き出す。

戸口の前で、オベールは立ち止まり、もはや泣く気力も失せて突っ伏しているジェラーデル侯爵に向かって声をかけた。

「叔父上――幾ばくかですが、私も生活費の支援はいたしましょう」

するとジェラーデル侯爵は、カッと顔を上げる。そして凄まじい形相でがなりたてた。

「お前は昔から目障りだったんだ。出来が良くて容姿も優れ、兄上の寵愛《ちょうあい》を独り占めしおって！　だから儂は、お前を反乱の地へ送ってやったのだ。あわよくば、お前が戦死することを願ってな！　どうだ？　儂が憎かろう？」

オベールは哀れみの表情でじっとジェラーデル侯爵の罵りを聞いていたが、やがて静かに答えた。

「叔父上の思惑はわかっておりました。わかった上で、私はあえてあなたの策に乗り、反乱の村々に出向き調査し、徹底的に話し合い、あなたの悪事を暴いたのです」

「――わかっていたのか――」

ジェラーデル侯爵の顔がひとまわりも萎んだように見えた。

彼はがっくりと顔を伏せた。

「――同情は無用――もう行け」

ジェラーデル侯爵はくぐもった声で言った。

オベールはそれ以上何も言わず、フランセットの背中をそっと押し、廊下に出た。

しばらく二人はそれぞれの思いに耽って、寄り添ったまま廊下をゆっくりと進んでいった。

ジェラーデル侯爵は、フランセットにとっては他人だが、オベールには血の繋がった人間だ。

あんな酷い罵詈雑言《ばりぞうごん》を浴びて、どんなに傷ついているだろう。オベールは固い意志と強い自制心を持っているが、ほんとうはとても繊細なひとなのだと、フランセットにはよくわかっていた。

慰めの言葉もなく、ただ、オベールの手をそっと握る。

そして、フランセットは小さくため息を吐いた。

「――国王陛下もさぞやお力をお落としでしょう」

「そうだな。陛下は早くに王妃陛下を亡くし、御子《みこ》にも恵まれず、ジェラーデル侯爵が唯一の肉親であったからな。ずいぶんと心を砕かれておられたのだ」

オベールは哀愁に満ちた表情で言う。だが、すぐに表情を改めた
「でもフランセット、案ずるな。この私がこれからも、陛下に誠心誠意お仕えするから」

オベールの力強い言葉に、フランセットはやっと笑みを浮かべることができた。

「そうね。あなたならきっと、陛下を支えこの国をさらに良くしていってくださるでしょう。

信じています」

オベールも笑顔になる。

「ふふ、君の期待には応えねばならない」

二人は手をしっかりと握り合い、自分たちの屋敷を目指した。

もうすぐ騎士団員たちの住居区域に出るという回廊のあたりで、向こうから慌ただしくクレール中隊長が走ってくるのに出くわした。

「どうした、クレール中隊長？　何か事故か、事件か？」

オベールにさっと緊張感が走る。

二人の前に辿り着いたクレール中隊長は、息を乱しながら告げる。

「いえ、騎士団長閣下、何事でもございません。が――」

「が？」

クレール中隊長は、申し訳なさそうにオベールに告げる。

「騎士団長閣下。誠にすみませんが、私の合図があるまでお二人とも、ここで待機していてください」

オベールが不審げに片眉を上げる。

「どうした？　ほんとうに不都合はないのか？」

「とんでもない。その逆でございますよ――ほんの数分ですから。いいですね、そこで待っていてください」

クレール中隊長は念を押した。そして、また足早に回廊の向こうに姿を消した。

二人はぽかんとその場に立ち尽くす。

フランセットは小声でオベールに話しかける。

「どうしたのかしら？」

「わからないが、悪いことでもなさそうだ」

オベールもわけがわからないようだ。

不意に、回廊の外庭でぽんぽんと軽快な爆発音がした。

「きゃっ」

フランセットが驚いて悲鳴を上げ、オベールも顔色を変えた。

「何事だ？」

と、再びクレール中隊長が駆けつけてきた。

なぜか彼は礼装軍服に着替えていた。

クレール中隊長が恭しく声をかける。

「お待たせいたしました。どうぞ、お二人ともこちらへ」

促され、フランセットとオベールは手を取り合ってクレール中隊長の後から進んで行く。

回廊を渡りきり、外庭に下りたその瞬間、

「あっ」

「あ」

二人は同時に声を上げてしまう。

庭の中央に長い赤い絨毯が引かれていた。

その絨毯の左右にはずらりと騎士団員とその家族たちが並んでいる。

彼らは手に手に色とりどりの花びらを入れた手篭《てかご》を持っていた。

その背後で騎士団員たちが数人で、景気よく打ち上げ花火を上げていた。

「さあさあ奥方様、こちらへ」

マリアと侍女たちが素早く駆け寄ってきて、マリアの手を引いた。

侍従たちはオベールを反対側に誘導している。

「え、なあに？　どうしたの？」

フランセットは訳がわからないうちに、庭に立てられていた天幕の中に通された。

そこには姿見と椅子、化粧台が設置され、真っ白いウエディングドレスを着せた人台が置かれてあった。

「こ、これは？」

呆然としているフランセットを、マリアたちが取り囲み、さっさと着ていたドレスを脱がせてしまう。

「ささ奥方様、このドレスにお着替えください。私ども騎士団員の妻たちが、みんなで頑張って縫い上げたウエディングドレスでございますよ」

マリアの言葉にフランセットは目を見開く。

「ウエディングドレス、ですって？」

「そうですよ。ご主人様と奥方様は、騎士団員の結婚式には必ず参列して祝ってくださるのに、ご自分たちは式も挙げないままではないですか――だから、私と夫は前々から計画していたのですよ。いつか、お二人にきちんとした結婚式を挙げて差し上げたいと。夫が出立前に私に真実を打ち明けてくれたのです。騎士団長閣下は軽傷であるから心配はいらない。だからこの機に、お二人が戻るまでに、結婚式の準備を万全にして待機しておけとね――我が亭主にしてはなかなか気が利いたものです」

「で、でも、私はそんな……」

そんな資格はないと言いかけて、フランセットは口ごもる。

こんなにも自分たちのことを思い考えてくれた騎士団員の皆の好意を、すげなくはできない。

「いいえ、私たちの心づくしの結婚式、断固として遂行させていただきますよ」

マリアは有無を言わさずフランセットに着付けていく。

「――マリア、皆さん……」

フランセットは胸に込み上げる熱いものを抑えるのに精いっぱいだった。

ふんわりしたシフォンのウエディングドレスは、フランセットの身体にぴったり合っていた。膨らんだ袖、慎ましく首まで詰まった胴衣は細いウェストを強調し、スカートは大輪の白薔薇のように華麗に広がっている。艶やかな金髪は手際よく頭の上に纏め上げられ、フランセットのお気に入りの真珠のティアラが被せられた。薄化粧を施されると、後ろに長く透き通るように繊細なレースのヴェールを被せられた。

あっという間に、眩しいばかりに気品ある花嫁姿が出来上がる。

「まあまあ、見事な仕上がりです。世界中で一番美しく素晴らしい花嫁さんですよ、奥方様」

すべての身支度が終わると、一歩後ろに下がったマリアは満足げに言った。

フランセットはまだ夢の中にいるような気持ちだった。

姿見の中の可憐《かれん》な花嫁姿が、ほんとうに自分なのだろうかとぼうっと見惚れていた。

天幕の外から、騎士団員の一人が声をかけた。

「こちら、準備整いました」

「了解です。こちらも万端です。さあ、奥様これを――」

マリアがフランセットに白薔薇のブーケを手渡した。

それを受け取ると、マリアに手を引かれて天幕の外に出る。背後に侍女たちが長いヴェールを掲げて付き従った。

わあっと歓声が上がる。

赤い絨毯の向こうに祭壇が設えてあり、司祭と並んで白い礼装姿のオベールが立っていた。

「ああ――」

遠目でもオベールの礼装姿は精悍《せいかん》で美麗であった。

「不肖ながら、私が介添人として、奥方様を祭壇まで随伴いたします」

礼装軍服のクレール中隊長が恭しく一礼した。マリアがクレール中隊長の手に、フランセットの片手を引き渡す。

「あんた、途中ですっ転んだりして、台無しにだけはしないでよ」

マリアに念を押され、クレール中隊長が自分の胸を軽く叩く。

「言われるまでもない。俺はやる時にはやる男だぞ」

フランセットは二人のやり取りを微笑ましく見ていた。内心は、ずっとこの二人のような忌憚なくものを言い合える夫婦に憧れていた。信頼し、愛し合っていればこその夫婦の絆《きずな》に結ばれた二人を。

それが今、自分にも実現する時が来たのだ。

「さあ、参りましょう」

クレール中隊長に手を引かれ、フランセットは赤い絨毯をしずしずと進んだ。

「おめでとうございます！」

「おめでとうございます！」

左右に居並ぶ騎士団員とその家族たちが、拍手をしながら祝福の言葉を贈ってくれる。メリジューヌ始め小さな子どもたちも、おめかしをして頬を染めて拍手をしている。

フランセットはヴェール越しに近づいてくるオベールを見つめた。

さすがに歴戦の騎士団長だけあって、突然の出来事にも落ち着き払っているように見えるが、オベールの目元がかすかに恥じらいに染まっているのをフランセットは見逃さなかった。

彼も嬉しさと戸惑いに心が乱されているのだ。なんだかとても微笑ましい。

オベールが左手を差し出す。

クレール中隊長はその手にフランセットの右手を預けた。

優しく握られ、そっと隣に引き寄せられた。

祭壇の前に並んだ二人の前に、城の司教が立ち祝いの言葉を述べたのち、重々しい声でオベールに尋ねた。

「オベール・シュバリエ、あなたはフランセット・ル・ブランを妻とし、病める時も健やかなる時も、愛を持って支え合うことを誓いますか？」

オベールは胸を張り、凛とした迷いのない声で応える。

「はい、誓います」

司教が今度はフランセットに顔を向ける。

「フランセット・ル・ブラン、オベール・シュバリエを夫とし、病める時も健やかなる時も、愛を持って支え合うことを誓いますか？」

神聖な誓いが胸に染みる。フランセットは息を少し吸ってから、滑らかな声で答えた。

「はい」

うなずいた司教は、祭壇の上の金色の指輪を二つ乗せた小さな白いクッションを手に取る。

「では結婚指輪の交換を」

司教から指輪を受け取ったオベールは、大切そうにフランセットの左手を包み込み、慎重に薬指に指輪を嵌め込んだ。騎士団員たちが用意してくれた飾り気のない金の指輪は、ずっと前から嵌《は》めていたようにしっくりと指に馴染んだ。

次にフランセットに指輪が渡され、オベールが左手を差し出す。

節高な大きな手だ。

初めて彼に会った時に、この大きな掌がとても印象的だったのを思い出す。

これまで、この力強い掌にどんなに助けられ、救われ、守られ、そして愛されてきたことだろう。

オベールの薬指に指輪を嵌めながら、フランセットは感慨深かった。

「では、夫婦の誓いの口づけを」

司教に促され、オベールはフランセットの顔を覆っているヴェールに両手をかけた。

ゆっくりと視界が開けて、端整なオベールの顔がはっきりと見えた。

感動の面持ちの彼の青い瞳が、少し潤んでいる。

「愛している、私のフランセット」

オベールが感情を込めてささやく。

「愛しています、あなた」

フランセットも同じ気持ちで答える。

オベールの顔が近づいてきて、フランセットはそっと睫毛《まつげ》を伏せる。

しっとりと唇が重なった。

その瞬間、参列していた人々からどっと歓喜と祝福の声が起こった。

「おめでとうございます、騎士団長！」

「おめでとうございます、奥方様！」

同時に、皆が手籠に詰めた花びらを掴んでは、天高く放り投げた。

唇を離した二人は、感動の面持ちで騎士団員とその家族に顔を向けた。

誰もが心から笑い、二人の幸せを祝い、感涙に咽《むせ》んでいる。

フランセットも胸に熱い思いが満ちてきて、目頭が熱くなった。

「ありがとう、ありがとう、皆さん、ほんとうにありがとう」

声を震わせるフランセットの肩を、オベールが優しく抱いた。

「さあさ、奥のテーブルにご馳走《ちそう》をうんと用意しましたよ、どうぞ、新郎新婦、どうぞ進んで」

クレール中隊長に促され、フランセットとオベールは手を取り合って花吹雪が舞う赤い絨毯の上を歩き出した。

あまりの幸福に、フランセットは目眩《めまい》がしそうだった。

世界で一番素晴らしい結婚式を挙げてもらった。

屋敷の内庭に長いテーブルがいくつも置かれていて、そこに騎士団員の家族たちの心づくしのご馳走が所狭しと並べられてあった。ワインの樽《たる》がいくつも運ばれてあり、子どもたち用のフルーツポンチも大きなガラスの鉢にたっぷりと用意されていた。

一番奥に、花で飾られた新郎新婦が座るテーブルがあった。

フランセットとオベールが席に着くと、騎士団員とその家族たちも次々着席した。給仕係が、それぞれ前に置かれたグラスに、ワインやフルーツポンチを注いでいく。

フランセットとオベールのグラスも満たされた。

「では——えへん」

グラスを片手にすっくと立ち上がったクレール中隊長が、咳払いを一つして全員の注目を集める。

「我らが騎士団長閣下とその麗しき奥方様の永遠なる幸福と健康を祈り、乾杯！」

クレール中隊長の乾杯の音頭で、皆がいっせいにグラスを掲げて唱和した。

「乾杯！」

フランセットとオベールも、軽くグラスを打ち合わせて乾杯した。

その後は無礼講で、皆たらふくご馳走を食べ、美味しいワインに酔いしれた。

酔っ払った騎士団員たちが、庭の中央で肩を組んで軍歌を歌ったり、子どもたちが笛や太鼓で可愛い演奏会を開いたり、この機に乗じて意中の女性にプロポーズする強者まで現れた。祝いの席は、最高潮に盛り上がる。

フランセットとオベールは、引きも切らずお祝いの言葉を述べにくる人々の一人一人に、心から感謝の意を表した。

よもや、こんなにもたくさんの人々に祝福されて結婚式が挙げられる日が来ようとは。

フランセットは夢なら覚めないでほしいと心底願った。

祝いの宴は夜まで続いた。

やがて、マリアが控えめにオベールに近づき、小声で言う。

「ご主人様、奥方様もお疲れでしょう。そろそろ祝宴の締めのお言葉をお願いします」

白皙の顔をほろ酔いでほんのり赤く染めたオベールがうなずく。

「わかった」

彼はゆっくりと席を立った。

テーブルのあちこちから、会話を止めるようシーッという合図が起こる。たちまちその場は静まり返った。フランセットはにこやかにオベールの言葉を待った。

「皆んな、今日はほんとうに感謝する。私たち夫婦のために、このような素晴らしい結婚式を調えてくれて、至上の喜びだ。私はほんとうに人に恵まれていると実感した」

オベールはとつとつと感謝の言葉を述べた。

それから彼は、隣に座るフランセットに顔を向けた。

「そして、フランセット、ありがとう。これまでもこれからも——」

と、ふいに彼が言葉に詰まる。

ぐうっとオベールが喉を鳴らし、片手で目元を覆ってしまった。

「あ……」

フランセットは目を見張る。

オベールは感極まって泣いてしまったのだ。

あんなにも豪胆で男らしく凛々しい軍人であるオベールが、肩を震わせて嗚咽を押し殺している。彼の涙を初めて見た。

クレール中隊長を始め騎士団員たちの中にも、思わずもらい泣きしてしまう者もいた。

「あなた——」

思わず立ち上がり、オベールの腕に手を添える。

そして気持ちを込めて告げる。

「私こそ、ありがとう。あなたに出会え、あなたに愛されて、絶望のどん底にいた私の人生は、眩しい光に包まれました。ほんとうにありがとう、あなた、心から愛しています」

「――フランセット」

オベールが目元から手を離し、濡れた青い目で見つめてきた。男らしい鋭角的な頬が涙で濡れ光り、得も言わぬ色っぽい風情があった。

オベールは両手で壊れ物を扱うようにフランセットの顔を包み込み、そっと唇を重ねた。

甘く柔らかな感触に、フランセットはまるで初めて口づけされた時のように胸が熱く高鳴った。生涯忘れられない口づけだった。

誰からともなく、静かな拍手が起こる。

拍手はさざ波のように拡《ひろ》がっていき、いつまでも止むことはなかった。


その後、祝宴はお開きとなり、後片付けを済ませた騎士団員とその家族たちは、満ち足りた表情でそれぞれの住まいへと帰って行った。

最後まで残ったマリアにフランセットは、今夜はもう何もしなくていいので、クレール中隊長の居る部屋に戻るようにと慰労した。マリアもありがたくその言葉に従った。

そうして、その場はオベールと二人きりになる。

急に気恥ずかしい雰囲気になり、互いにもじもじしてしまう。

意を決したように、オベールはやにわにフランセットを横抱きにした。

「あ」

オベールはそのまま毅然とした足取りで、屋敷の戸口に向かう。子どもみたいに抱っこされて運ばれるのが照れ臭い。

「やだ、下ろしてちょうだい、オベールったら。恥ずかしいわ」

「だめだ。わが国では、結婚式が終わって初めて新婚の家に入るときには、花婿はこうして花嫁をお姫様抱っこして入る習慣なんだ」

「そ、そうなのね？」

「そうだ、新しい人生に足を踏み入れるときに花嫁に躓《つまず》かせないように、花婿が責任を持って抱えて入るんだよ」

躓き――最初の結婚に失敗してしまったフランセットにとって、心に深く突き刺さる言葉だった。きっとオベールはそのことも含め、フランセットに気遣ってくれたのだろう。

戸口は大きく開かれてあって、そこも花で飾られていた。

「ようこそ我が家へ、私の花嫁さん」

オベールがおどけた口調で言い、敷居を大股で跨《また》いだ。

部屋の中も一面の花で飾られてあった。

オベールがフランセットの耳元で甘くささやく。

「寝室に直行していいか？」

悩ましい声色に、フランセットの心臓がドキンと跳ね上がる。

「だ、だって、まだウエディングドレスを着たままだわ……」

「かまわないさ」

オベールはさっさと奥の寝室へ向かう。

寝室の中に入ると、フランセットはあっと声を上げた。

寝室中が白薔薇で飾り付けられ、床も一面白薔薇で埋め尽くされていた。

噎《む》せ返《かえ》るほどの甘い香りに酔いそうで、フランセットは頭がクラクラする。

「皆んな、君の祖国の有名なお祭りを意識して、白薔薇で飾ってくれたんだね」

「『花祭り』……ですね」

祖国への郷愁が一瞬胸を締め付けた。

「再開されたら、あなたとラベル王国の『花祭り』を見に行きたいわ。それは華やかで素晴らしいお祭りなのですよ」

「そうだね、いつか二人で君の祖国に行ってみたいね。その日がとても楽しみだ」

オベールの未来への約束に、少しばかり感傷的になっていたフランセットの気持ちも明るくなる。

ベッドの上にも白薔薇の花びらが敷き詰められてあった。

オベールはその中央へフランセットを仰向けに横たわらせる。

「まるで花の女神のようだ」

オベールがうっとりとした声を出し、上着を脱ぎ捨てシャツの襟元を緩めると、ベッドに上がってくる。

フランセットはオベールのまなざしをひたと受け止め、愛情を込めて見上げた。

「愛している、私の愛しい妻、フランセット」

身を屈め、唇を寄せてくる。目を閉じて口づけを待ち受ける。

「ん……」

優しく撫でる感触に、フランセットの胸は甘くときめく。だが、次の瞬間、ぬるっと彼の舌が強引に唇を割り開いて侵入してきた。性急な動きに、フランセットは驚いて目を見開いた。

そのまま強く舌を吸い上げられ息ができず、くぐもった鼻声を漏らしてしまう。

「んんんーっ、んぅ、ふ、ぅあ」

オベールは噛み付くような口づけを仕掛けながら、乱暴にウェディングドレスの襟ぐりをコルセットごと押し下げた。ふくよかな膨らみがまろび出る。オベールは両手で乳房を掴んで揉みしだいてきた。強めに乳首を摘まみ上げられ、じんとした痛みと疼きが同時に走り、フランセットの全身に猥りがましい興奮がさざ波のように広がっていく。

オベールは片手でウェディングドレスの裾をたくし上げ、靴下留めとハイストッキングをむしり取ろうとした。

「あ、だめ……ドレスが……」

フランセットは身を捩り、彼の手から逃れようとした。

オベールは身体ごとフランセットにのしかかり、抵抗を封じてしまう。彼の唇が首筋に移動し、薄い桜貝のような耳朶を甘噛みしてくる。

「あっ……ん」

感じやすい箇所を攻められて、フランセットは思わず甘い喘ぎ声を上げて腰を浮かしてしまう。

「祝宴の間中、君の無垢で清楚な花嫁姿に気もそぞろだった。フランセット、純白の君を穢《けが》せるのは、夫である私だけだと思うと――もう堪らない」

オベールが熱のこもった声でささやき、手荒く靴下留めを引き千切り、ハイストッキングを下履きごと毟《むし》り取《と》ってしまう。そのまま、もどかしげに自分のトラウザーズの前立てを寛げ、すでに滾りきっている剛直を引き摺り出した。

欲望に突き動かされた獰猛《どうもう》な動きに、フランセットの身体の奥でも熱い劣情が弾けた。

まだろくに前戯も受けていないのに、媚肉がきゅんと甘く疼き、みるみる花弁に愛蜜が滲《にじ》んでくるのがわかる。

「あ、あぁ……」

両足の間にオベールの足が押し込まれ、ぐいっと太腿《ふともも》を大きく開かせる。そのまま硬い肉槍の先端が震える花弁のあわいに押し当てられた。脈動する怒張が、一気に侵入していた。

「ひ、あ、あああああっ」

熱い肉楔で深々と貫かれ、フランセットは背中を反らし、甲高い嬌声を上げてしまう。

「熱い――君の中」

オベールが、ぐん、と大きくひと突きしてきた。

「はあっ、あぁ、あぁああん」

あっという間に深い悦楽に襲われ、フランセットは頭を振り立てる。

「素晴らしい、きゅうきゅう締めて、君が感じてくれていると思うだけで、イってしまいそうだ」

オベールは息を乱し、フランセットの両足を抱えてさらに大きく開脚させベッドに押さえつけ、ずぶずぶと貫いてくる。

「は、あ、や、奥、あ、当たる……っ」

オベールの激しい抽挿にベッドが軋み、白い花びらとヴェールがふわりふわりとと宙を舞った。

潤んだフランセットの目には、まるで夢の世界のような光景に見えた。

雄々しい肉棒がフランセットの胎内でしなり、子宮の奥へ苛烈な振動を与えてくる。

「ああ素敵だフランセット、純白の君の肌がピンク色に染まり、清純な顔が妖婦のように淫らな表情を浮かべて——私のものを強く締めて離さない」

オベールの雄茎を穿つ律動が、さらに速く強くなっていく。

白薔薇の香りと、欲情した男女の醸し出す匂いが混じり、その濃密な空気に酩酊しそうなほどだ。

「あぁ、あなた、あぁ、気持ち、悦い、悦いの、いい……っ」

脳芯まで響く苛烈な快感の連続に、フランセットは我を忘れてしまう。

「悦いのか？　君が感じてくれているのが、全身で感じられるよ。ああ、また濡れてきた。ほんとうに君は素晴らしい——」

オベールが穿つ角度を変え、膣の裏側あたりを硬い亀頭でゴリっと抉った。

「く、あ、あ、そこ、だめ……あぁ、そこ、だめ、変に……おかしく、あぁ、だめぇ」

どうしようもなく感じてしまう箇所を的確に突き上げられ、フランセットは全身を波打たせて喘いだ。

「だめになっていい、もっとおかしくなって——フランセット」

やにわに細腰を抱え上げられ、深く繋がったままぐるりと後ろ向きにさせられた。

「ひゃあああっ、あぁ」

内壁が大きく掻き回され、新たな刺激に下肢ががくがく震える。

うつ伏せにされ、スカートもヴェールも背中でひとまとめにされ、お尻を剥き出しにされる。

「ウエディングドレスよりも白く透き通るような肌だ――」

オベールが感嘆の声を漏らし、双尻を両手で掴みぐっと腰を突き入れた。

「お、ふぁ、あぁあぁっ」

強い衝撃に、目の前に快楽の霧がかかる。

挿入は深く内臓まで押し上げられそうな錯覚に陥り、胸苦しくなるほどだ。

「ほら、だめになっておしまい」

オベールの嬉しげな声が頭上から降ってくる、と思った瞬間、彼の片手が結合を前からまさぐり、鋭敏な花蕾を探り当てる。濡れた指先で、そこを細やかに揺さぶりながら、巨根は荒々しく熟れ襞を擦り上げてきた。

瞬時に絶頂に追い上げられた。

「あぁあああっ、んんぁう、だ、め、あ、そこだめ、あ、だめぇ」

傘の開いた先端が、ぐぐっと子宮口の手前の膨れた天井部分を突き上げる。

「いやっぁあ、そこも、そこもだめぇ、あ、だめ、だめぇ、だめに……っ」

フランセットはぎゅっと目を瞑り、花びらに埋めた顔をぷるぷると振る。

感じ入るたびに腰が強くイキんでさらに快感を増幅させて、両足がぴーんと突っ張り、熱い波のような愉悦が全身に行き渡っていく。

花芽を揺さぶる動きが速まり、容赦無くフランセットを追い込んでいく。

「だめぇえええええぇっ」

びくびくと身体がのたうち、フランセットは凄まじい絶頂に達してしまう。がくりと弛緩したフランセットの腰を持ち上げるようにして、オベールはさらにがつがつと抽挿を繰り返す。

「や、やぁ、や、も……もう、もう……イったのぉ、もう……」

息も絶え絶えで、感じすぎてぽろぽろ涙を零しながら、フランセットは弱々しく懇願する。

「何度でもイったらいい。好きなだけ、イかせてやろう」

オベールはぐったりしたフランセットの身体を抱き上げ、再び仰向けにさせた。

「んんぅあ、はあっ」

ぐりりと媚壁を回転するように抉られ、その刺激に薄れかけた意識が引き戻される。

「ほら、これはどうだ?」

オベールは細っそりしたフランセットの両足を肩に担ぎ上げ、膝が胸に付くくらい強く二つ折りの体位にさせられる。そして、真上から体重をかけてずんずん突き下される。

「ひいい、ぁ、あぁ、だめぇ、あ、だめ……壊れ……ぁ、あぁ」

フランセットは顔をぐちゃぐちゃにさせ、与えられる歓喜に翻弄された。

こんなにはしたなく欲望のままに乱れる自分をさらけ出せるのは、オベールだけだ。

そう思うと、どうしようもなく彼への愛おしさが溢れてきて、蜜壺はさらにせつなくオベールの肉槍を圧搾してしまう。

「く——そんな締めて——ほんとうに君の身体は底なしだ」

オベールがくるおしく大きくため息を漏らす。

「こ、こんな、はしたない、私、だめ？　ですか？　き、き、らい？」

強く揺さぶられて声が切れ切れになってしまう。

「嫌いなわけがないだろう？　最高だ。君と私の身体は、この世で一番相性がいい。もう離せない、離さない、フランセット」

「あ、あぁっ、あ、離さないで、あ、もっと、あぁ、もっと、して、もっと、めちゃくちゃに、して、ぇ……」

「フランセット、フランセット、だめだ、そんなに締めては、もう、終わってしまう」

「んぁ、あ、あぁ、来て、きて、一緒に、お願い、一緒に……」

最後の最高の絶頂をオベールと共に行きたくて、フランセットは無意識に強くイキんだ。

「っ——フランセット——」

もはやオベールも言葉を紡ぐ余裕がなくなったようだ。

彼は歯を食いしばり、唸るような声を上げながら、がむしゃらに腰を打ち付けてきた。

「あぁ、あぁん、すごい、すごい……あぁ、すごいのぉ」

「いいよ、いい、フランセット——一緒に、一緒にイこう」

オベールはフランセットの腰を抱え直し、息を弾ませながら最後の仕上げとばかりに、熱くうごめく肉襞を突き上げる律動を加速させた。

喜悦の高みに上り詰め、フランセットは全身を硬直させた。

「あ、ぁ、あぁあ、あ、イく、あぁ、イくっ……ぅ」

フランセットの最奥が、オベールの先端を吸い込むような動きで締めた。

「くーーっ、出るーーっ」

オベールがたくましい喉を反らし、ぶるっと大きく胴震いした。

びくびくと脈動した肉棒が熱い飛沫を吹き上げる。

「あ……あぁ、あ……ぁ、ぁ……」

意識が愉悦一色に染め上げられ、何もわからなくなった。

直後、強張っていた筋肉が一気に弛緩する。

「……はぁ、は、はぁ……」

欲望の終焉《しゅうえん》を迎えたオベールは、何度かずんずんと腰を打ち付け、白濁液の最後のひと雫までフランセットの胎内へ注ぎ込んだ。

「ふぅーー」

動きを止めたオベールが満足げに息を吐き、ゆっくり体位を解く。だがまだ結合部は深く繋がったままだ。もはや精根尽き果てたフランセットは、胸を大きく弾ませて息をするだけが精いっぱいだ。だが、蜜壺だけはまだ貪欲にびくんびくんと収縮を繰り返している。

「――フランセット」

オベールも浅い呼吸を繰り返し、快感の余韻に浸りながらも、フランセットの髪や頬に口づけを繰り返し、愛情を伝えてくれる。

「……ぁあ、あなた……愛しています……」

フランセットは潤んだ瞳でオベールを見上げ、心から愛を告げる。

「私も、愛しているよ」

オベールも同じように濡れた瞳で見つめてくれる。

フランセットは身も心も一つに溶け合ったこの瞬間に、たとえようもない幸福感を感じた。

やっとほんとうの夫婦になれたような気がした。

オベールの欲望が、ゆっくりと抜け出ていく。

「ぁあん……」

その喪失感にも甘く感じて、はしたない声が漏れた。

とろりと愛液と白濁液の混じったものが溢れ出て、股間に生温かく伝っていく感触にもぞくぞく感じ入る。

「ウエディングドレスがすっかり台無しになってしまったな」

オベールがゆっくりと乱れたウエディングドレスを脱がし始める。

「だがもう二度と君がこれを着ることはないから、かまわないか」

つぶやきながら。彼はどんどんフランセットを剥いていく。

脱力して、オベールのなすがままに、フランセットは全裸にされてしまう。

オベールはそのまま自分の衣服もぱっぱと脱ぎ捨てた。

そして、再びフランセットに覆いかぶさろうとした。

「あ？　ちょっと……ま、待って」

続けて行為に及ぼうとしているのか？　もうこれ以上、指先一本動かせないというのに。

「あ、あなた、少し……休ませて……」

オベールを押しとどめようとすると、彼はしれっとして答えた。

「君は休んでいてもいいぞ」

そして、早くも勢いを取り戻した剛直が、無防備な陰唇に突き入れられてくる。

「きゃ、あ……だめ、だめ……って……言っているのに……」

達したばかりの内壁はひどく感じやすくなっていて、オベールにひと突き、二突きされただけで、あっという間に燃え上がってしまう。

「……いやぁ、だめぇ……」

弱々しく訴えるが、オベールの欲望はとどまることを知らない。

「そう言いながら、嬉しそうに締めてくるね」

オベールは意地悪く微笑み、そのまま抽挿を続ける。

「あ、あぁ、あ、もう……あぁん」

新たな刺激と快感の波に、フランセットも次第に呑み込まれ――。

愛し合う若い二人のほんとうの意味での初夜は長く熱く――いつまでも終わることはなかった。

最終章

その後、ジェラーデル侯爵はマルモンテル国王陛下の命令で財産を取り上げられ、国外追放となった。

国を出る前に、ジェラーデル侯爵は直筆で、フランセットとの結婚の不履行への謝罪と、フランセットとは男女の関係はいっさいなかったことを記した文書を発表した。

マルモンテル国王とオベールが、フランセットの名誉回復のために手回しをしてくれたのだ。

これにより、ジェラーデル侯爵との離婚に関して、フランセットにはまったく非がないことが公にされたのだ。

ジェラーデル侯爵は数人の侍従と護衛をつけられ、マルモンテル王国所有の大陸の端の砂漠にある屋敷へと追いやられた。もはや観念したのか、ジェラーデル侯爵は無抵抗でそれに従った。

一方。

権力者の後ろ盾を失ったポンパドール伯爵夫人は、予《かね》てから彼女の不貞を快く思っていなかった貴婦人たちの総意で、宮廷の社交界を追放された。

ポンパドール伯爵夫人は、這々の態で自分の屋敷に逃げ戻った。

長患いで寝たきりだったポンパドール伯爵は、寛大に妻を許し迎え入れた。

ポンパドール伯爵夫人は心から自分の行いを詫《わ》び反省し、その後は、華やかな場にはいっさい姿を現さず、献身的に夫の看病に努めたという。


——さらに三年後。

大病を患ったマルモンテル国王陛下は、退位することを決意する。

子どものいなかったマルモンテル国王陛下は、次期国王に甥のオベールを指名した。

臣下たちの誰もが、オベール以上に次期国王にふさわしい人物はいないと認め、貴族議会も満場一致でオベールの王位継承を認めた。

フランセットは次期王妃となったのである。


オベールの国王就任が決まったその年、ラベル王国では何年ぶりかでの「花祭り」が開催される運びとなった。

ラベル王国はマルモンテル王国の支援を受けて国を立て直した。やっと干ばつもおさまり、田畑が蘇り花を栽培する余裕もできた。

「花祭り」開催は、大陸中の人々が待ちわびていた。

オベールとフランセットは、国賓として、ラベル王国の「花祭り」に招待されたのである。

正式に国王と王妃に就任すれば、もう気楽に二人で旅行することも叶《かな》わないだろうと、マルモンテル国王陛下がラベル王国側に打診してくれたのだ。

久しぶりに祖国の土を踏み、フランセットは懐かしさに心が弾んだ。

民たちは、国の危機を救うために身を捨ててマルモンテル王国に嫁いだフランセットのことを、救世主のように崇《あが》めていた。民たちはフランセットとオベールを心から歓迎した。

「花祭り」の期間中、フランセットとオベールは毎日街に繰り出し、祭を楽しんだ。

気さくに屋台の食べ物を味わったり、人々の踊りの輪に加わったり、道端の人形劇に笑い転げたり、街の子どもたちに優しく話しかけたりする若く美しい夫妻に、人々の好感度もますます高まる。特に、ひときわ人目を引く美丈夫のオベールは、皆に強く印象づけた。いつも二人の前後左右にさり気なく付いて、油断なく護衛をしているクレール中隊長率いる騎士団たちの姿も、忘れるわけにはいかない。

こうして、フランセットとオベールは「花祭り」で蜜月を心ゆくまで楽しんだのだ。

「オベール様は？　あの人はどこに行かれたの？」

フランセットは競技場の特等席で、お付きのマリアにそわそわしながら何度も尋ねた。

今日はとうとう「花祭り」の最終日、トリを飾る競馬競技の開始がもうすぐなのだ。

それなのに、さっきから夫であるオベールの姿が見当たらないのだ。

「奥方様、大丈夫ですよ、ご主人様はすぐに現れますから」

マリアが宥めるが、フランセットは気が気ではない。

マルモンテル王国の国賓として招かれているのだから、勝手に席を外すなんてもってのほかだ。

律儀で生真面目なオベールのするようなことではない。

なにか病気とか事故でもあったのかもしれない。

そう思うと、居ても立ってもいられない。

「フランセット、少し落ち着きなさい。あなたは次期王妃になるのですよ。もう少し堂々としていなければいけませんよ」

隣の席に座っているラベル王国王妃、フランセットの実母が小声で嗜《たしな》める。

「で、でも、母上……」

「そうだぞ、フランセット。もう競技が始まるぞ」

父国王にも言われ、仕方なく席に座りなおしたフランセットは、しかし心の不安を抑えきれない。

と、競技場全体に、競技開始の合図のラッパが高らかに鳴り響いた。

わあっと観客席から歓声が上がる。

フランセットは表向きは笑みを浮かべ、仕方なくオペラグラスを手に取り競技に集中しようとした。

花で飾られた馬に跨り、決勝に勝ち残った十人が一人一人出走地点に登場した。

さらに歓呼が高まる。

最後に、十番目の選手が白い馬に乗って現れた。

「あっ？」

フランセットは我が目を疑い、驚きのあまりオペラグラスを取り落としてしまった。

白馬に跨って、凛々しい純白の乗馬服に身を包んだオベールがいたのだ。

「あなた……？」

次期マルモンテル国王の登場に、競技場は蜂の巣をつついたような騒ぎになった。その喧騒《けんそう》の中を、オベールは片手を振りながら悠々と出走地点へ馬を進める。

「え？　オベール様、が、どうして？」

うろたえるフランセットを、父国王母王妃始めマリアたち周囲の者たちが、にこやかに見つめる。

「あっ、皆、このことを知っていたの？」

どうやら、オベールが出走することを知らなかったのは、フランセットだけのようだ。

皆がフランセットを驚かせようとした、ちょっとした企《たくら》みだったのだ。

「……ひどいわ、母上まで」

フランセットが苦笑して母王妃に文句を言うと、母王妃はニコニコしながら答える。

「シュバリエ公爵が久しぶりに競馬に参加したいとお申し出なさったの。あの方が名うての乗馬の名人であることは、周知ですから、これは受けないわけにはいかないでしょう。それと、あなたを驚かせたいから、ぜひ内緒にしてくれと頼まれたのよ」

「もう——驚きましたわ、ほんとうに——」

その時、ふと頭に引っかかることがあった。

「あの、母上、久しぶりに参加って……」

フランセットはさらに言葉を続けようとしたが、競技の開始を知らせるラッパが高々と吹き鳴らされ、合図を送る係が旗を高く掲げたので、慌てて競技場に目を凝らした。

出発点の線で、十頭の馬が一線に並んだ。

さっと、合図の係が旗を下ろした。

一斉に馬たちが走り始める。

観客たちが応援の声を張り上げる。

と、一団となって走っていた馬群から、するすると白馬が先頭に立つ。十番のオベールだ。

「あなた、あなた、しっかり」
フランセットは競技場の熱に巻き込まれ、思わず手に汗を握った。
オベールはあっという間に他の馬たちを引き離した。
まるで一陣の風のような速さだ。
その場にいるもの全員が固唾を飲んで見守った。
一周、二周目。
オベールは半周以上先を走っていた。
疾走する馬上で、オベールは姿勢を乱すことなく見事な手綱捌《さば》きを見せた。
華麗な人馬一体の姿に、誰もが魅了され声も上げない。
もはやオベールの独壇場だ。
大差を付けて、オベールは一位で到着地点を駆け抜けた。
直後、どっと競技場全体が揺れるような歓声が巻き起こった。
「オーレ！　オーレ！」
「オーレ！　オーレ！」
全員がオベールの勇姿を讃える言葉を叫び続ける。
オベールは息ひとつ乱さず、胸を張って片手を振りながら競技場を一周した。
その凛々しい姿に、フランセットは誇らしさに胸が熱くなった。

その時、フランセットはなにか既視感を感じた。

この場面、どこかで見たような気がする。

ぼうっとオベールの姿に見惚れていると、そっと横から母王妃が声をかけた。

「フランセット、勝者に花かんむりを贈りなさい」

母王妃が勝利者に与える花かんむりを手渡してきた。

「え？　私が？　もう他国の人間なのに、よいのですか？」

戸惑っていると、父国王が鷹揚《おうよう》に言う。

「だが、お前が我が王家の王女であったことには変わりないだろう？　さあ、行きなさい」

「——はい」

フランセットはすらりと立ち上がる。

わっと歓喜の声が渦巻く。

元ラベル王国王女で将来のマルモンテル王妃の登場に、その場の熱狂はいやが上にも高まる。

フランセットは花かんむりを手にし、一歩一歩競技場への階段を下りていった。

階段の一番下には、片膝を付いたオベールが頭を下げて待っている。

フランセットは誇らしさと愛おしさに、胸がドキドキしてくる。

このドキドキ——なんだか経験があるような。

フランセットは階段を下り切ると、深く息を吸い澄んだ声で言う。

「勝利者に名誉の花かんむりを授けます」

「謹んで拝受します」

オベールが深みのある落ち着いた声で答えた。

フランセットは花かんむりを両手で掲げ、ゆっくりとオベールの頭に被せる。その時、さらさらしたオベールの髪に指先が触れた。

直後、フランセットの脳裏に、十五年前の幼い記憶が怒涛のように蘇った。

大人に混じって競馬に参加した美少年。

見事栄冠を勝ち取ったあの少年。

そして、いつも寝室の壁に大事に飾ってある枯れたリース——あれは、勝利の花かんむり。

——フランセットは感動のあまり、目頭が熱くなる。

声が震える。

「あなた——あの時の、少年だったのね？」

オベールがゆっくりと顔を上げた。

彼は花が開くように艶やかに微笑む。

「やっと、気がついてくれたかい？　いつか、君が気がついてくれるかと、ずっと待っていたんだよ」

「それじゃ……あなたが最初に出会った時から私のことを愛していたとおっしゃったのは

「……」

「そう、十五年前の同じ日の同じこの場所で、少女の君から花かんむりを授かった、あの時からだよ。君は私の初恋のひとだ」

「あの時から——ずっと……」

「ずっと……」

二人は万感の想いで見つめ合う。

オベールが想い続けていた初恋の女性とは、フランセットのことだったのだ。

フランセットは一歩オベールに歩み寄る。

「あなた……私も。私もあなたに花かんむりを被せたあの瞬間から、ずっとあなたのことが好きでした。私の初恋でした」

「——フランセット。私たちが結ばれることは運命だったのだな」

オベールがすくっと立ち上がる。

その途端、フランセットは感極まって、思わずオベールの首にしがみついた。

そして涙ながらに、何度も何度もオベールの唇に啄むような口づけを繰り返した。

「ああ、愛しています、愛してる、愛しているわ、あなた」

「フランセット、私の愛しいひと」

オベールもフランセットを抱きしめ、口づけを返した。

そのうち、二人の口づけは深いものになり――。

花の女神と勝者の熱い口づけは、延々と続いた。

「オーレ！　オーレ！」

「オーレ！　オーレ！」

「お二人ともお幸せに！」

「お幸せに！」

二人を祝福する観客たちから湧き上がる万雷の拍手も、いつまでも鳴《な》り止《や》むことはなかった。

あとがき

皆さんこんにちは！　すずね凜です。

「離縁された王女はイケメン騎士団長様に溺愛される」は、いかがだったでしょう？

始まりは、ヒロインの理不尽な扱いに胸が痛む展開ですが、ヒーローが盤石の愛で彼女を救ってくれてからは、糖度高めのお話になりますので、ご安心を。

今回も脇役がいい味をだしてくれています。

ジェラーデル侯爵を始め、ポンパドール夫人、クレール中隊長夫婦、マルモンテル国王等、多彩な人々がお話に華を添えてくれました。

ラブロマンスなので、悪役は悪役に徹することが多いのですが、私はそこに少しだけ人間味を添えたいと心がけています。

悪役のジェラーデル侯爵は憎々しいのですが、最後にぽろっと屈折した心の内を見せてくれます。ポンパドール夫人もほんとイヤらしい敵役なんですが、末路には救いを持たせました。

私は悪役を書くのが楽しいんです。

主人公たちはあまり破綻した行動をとることはできないので、悪役たちにできる限り活躍してもらいます。もちろん脇役なので、それほど紙面を割くことはできないのですが。

話はちょっと変わるのですが、読者さんから「すずね先生の作品には、よく動物が登場してきて、それが楽しみです」と、言われたことがありまして、そういえば私の作品には動物の脇役が多いな、と思いました。

今回は動物が脇役としては登場しませんが、そもそも、私がたくさんの動物を飼ってきたので、無意識に出してしまうのかもしれません。

これまで、犬猫を始め、齧歯類、小鳥、爬虫類、両生類、魚類、昆虫、アメーバーまで、家で飼える動物は大抵飼育してきました。

私は苦手な生き物がいないので、カエルでも蛇でも蜘蛛でも喜んで飼ってきました。

それは、去年の夏のことです。

犬の散歩に、私は毎日公園に行きます。

その帰り道、住宅街の一角で初老のご婦人方が数人集まって騒いでおられました。

何事かと思って近づくと、道路の真ん中に一メートル以上はあろうかという大きな青大将（蛇）がぐったりと横たわっていたのです。

ご婦人方は、青大将を遠巻きにしていました。

「死んでいるのかしら」

「暑さで参っているのかも」

「このままだと、車に轢かれてしまうわ」

私は青大将に近づき、様子を見ました。わずかに動いていました。

それで、私はやにわに青大将の首を掴んで持ち上げたんですね（軍手をしていました）

「きゃーっ」

ご婦人方は蛇より私に悲鳴を上げました。

私は公園の草むらに青大将を移動させてから、ご婦人方に言いました。

「だいじょうぶです、毒のある蛇ではないですから」

ご婦人方は目をパチパチさせていました。

「すごいわ、あなた」

普段から家で飼っている蛇を触っているので、私にはどうってことはなかったのですが。

「でも、ありがとう。蛇もこれで安心ね」

「ほんと、よかったわ」

私は実を言うと、青大将を心配して集まっていたご婦人方の優しさに感動していました。少しだけ役に立って、よかったなと思いました。

まあ毒はなくとも牙はありますから、道で蛇を見かけてもむやみに触れない方がよろしいです（そんなやつ、あんまりいないって笑）

私はそういう動物に遭遇するたちなのか、以前は道で拾った大きなミドリガメを持て余していた子どもたちに出会い、そのまま引き取ってきてうちで飼ったこともありました（浦島太郎かっ）そのミドリガメはその後二十年も生きました。

どんな生き物も、家族になると可愛いものです。

さて、今回も華やかで素晴らしい挿絵を描いてくださったウエハラ先生に感謝いたします。ウエハラ先生の絵と私のお話は相性がいいのか、いつもとても評判がよいです。ヒーローがイケメン過ぎて、心臓を射抜かれました。

毎回いろいろお世話をおかけする編集さんにもお礼申し上げます。

そして、読者様方、また次のロマンスでお会いできるのを楽しみにしておりますね！

すずね凜

Mitsuneko Label

蜜猫文庫をお買い上げいただきありがとうございます。
この作品を読んでのご意見・ご感想をお聞かせください。
あて先は下記の通りです。

〒102-0075 東京都千代田区三番町 8 番地 1 三番町東急ビル 6F
(株)竹書房　蜜猫文庫編集部
すずね凜先生 / ウエハラ蜂先生

離縁された王女は
イケメン騎士団長様に溺愛される

2022 年 2 月 28 日　初版第 1 刷発行

著　者　すずね凜　©SUZUNE Rin 2022
発行者　後藤明信
発行所　株式会社竹書房
〒102-0075 東京都千代田区三番町 8 番地 1 三番町東急ビル 6F
email : info@takeshobo.co.jp
デザイン　antenna
印刷所　中央精版印刷株式会社